Linn Ullmann
Mädchen, 1983

Linn Ullmann

Mädchen, 1983

Roman

Aus dem Norwegischen
von Paul Berf

Luchterhand

Für Niels

Als sie erwachte, war sie in einem großen Wald, und dann rannte sie wieder los; aber sie wusste nicht, wohin es ging.

DER EISBÄR KÖNIG VALEMON

I

BLAU

Ich bin sechzehn Jahre alt und lege meine verschränkten Arme auf den hohen Tisch vor mir, lasse die Wange auf einem Arm ruhen und schaue in die Kamera. Auf dem Foto, das es nicht mehr gibt und an das sich außer mir wohl niemand erinnert, sieht man ein wenig von meinen nackten Schultern. Ich glaube, der Sinn des Fotos ist, Nacktheit anzudeuten, und dass alles, was eine junge Frau tragen muss, wenn sie in die Welt hinauswill, ein Paar lange Ohrringe ist.

Ich glaubte, dich gäbe es nicht mehr, aber dann tauchtest du vor anderthalb Jahren im September unter einer Ulme auf und verlangtest danach, gehört zu werden.

Du bist durchsichtig. Ganz ohne Gesichtszüge. Wie Wasser.

Dinge, die ich über dich weiß:

Unsere Mutter gebar dich im Schlaf, und dann liefst du davon.

Dich zu beschreiben, ist das Schwierigste, woran ich mich versucht habe. Du bittest mich darum, unmögliche Dinge zu tun, und hörst mir nicht zu, wenn ich sage, dass ich es nicht hinbekomme.

Manchmal glaube ich, unsere Mutter ahnt, dass es noch eine gibt außer mir, dass wir zwei sind, aber dann wischt sie es weg. *Nicht jetzt!*

Dieses Frühjahr schweben die Flügelnüsse der Ulmen über Oslo, Tag für Tag fallen sie zur Erde, wie ein sanftes Unwetter, still, weiß, wie Laub oder schmutziger Schnee legen sie sich in Haufen auf die Bürgersteige und in Parks, wirbeln über die Häuserdächer. Ich suche im Internet, frage mich, ob das ein gutes oder ein schlechtes Zeichen ist, *was bedeutet das*, es sind so viele. *Ist* es ein

Zeichen? Ich glaube, ich messe Zeichen oder dem, was ich als Zeichen wahrnehme, eine zu große Bedeutung bei. Es wehen Flügelnüsse in die Wohnungen der Leute, dünne Samenschuppen, die überhaupt nicht an Nüsse erinnern und in der Luft verschiedene Muster bilden. Sie legen sich auf den Fußboden, in die Badewanne, auf die Laken. Ich suche unter *sehr viele Flügelnüsse*, finde aber nichts. Ich suche nach *Flügelnüsse Zeichen*, finde aber auch darunter nichts.

Bleib liegen, sagtest du, fast fürsorglich, *ich lege die Arme um dich*. Ich wollte aufstehen, es war Morgen, ich hörte Evas Stimme im Wohnzimmer, mein Mann sagte etwas zu ihr und sie lachte, aber du sagtest Nein. Und so blieb ich liegen und hörte stattdessen auf dem Handy einen Podcast mit der amerikanischen Dichterin Sharon Olds. Sie sagte, einer der Gründe dafür, dass sie sich nicht mehr schminke, sei, dass sie die Leute erschrecken wolle; wenn sie nahe genug herankommen, sagte sie, sehen sie, dass etwas anders ist, dass etwas nicht stimmt. Ich bin embryonal, sagte sie (und da dachte ich an dich), ohne Augenbrauen, ohne Augenlider, ohne Mund.

Ich dagegen habe all diese Dinge (Augenbrauen, Augenlider, Mund), und die Fotografie, von der ich erzählen möchte, wurde im Winter 1983 von A in einem Fotostudio in Paris gemacht. Die langen Ohrringe waren aus Strass, sie waren nicht wertvoll, im Gegenteil, daheim, in meinem Zimmer in der Wohnung, die ich mir in New York mit meiner Mutter teilte, hatte ich eine Schatulle voller ähnlicher Ohrringe. Baumelohrringe, Glitzerohrringe, Strass. Flitter. Aber ein Stein, dem Ohrläppchen am nächsten, war blau, daran erinnere ich mich.

~

Der neue Mantel, Anfang Januar 1983 bei Bloomingdale's gekauft, ist knöchellang und aus einem blauen Wollstoff gefertigt, und hat um die Taille einen Gürtel. Ich bin sechzehn. A lebt in New York, hat aber auch eine Wohnung in Paris. Vielleicht willst du ja mal mitkommen, sagt er.

~

Als ich sechs oder sieben war, und dann wieder, als ich elf war, und ein drittes Mal, als ich dreizehn war, träumte ich von einer großen blauen Feuerqualle mit langen Tentakeln. Alles in dem Traum war blau. Meine Lippen, weil es im Wasser kalt war und ich fror, die Wolken, das Meer. Ich las irgendwo (nachdem ich erwachsen geworden war und nicht mehr von ihnen träumte), dass Quallen im Laufe ihres Lebens durch verschiedene Stadien gehen. Larve, Polyp, Meduse. Ich hatte keine Angst. Nicht im Traum.

~

Ich bin sechzehn Jahre alt. Es ist mitten in der Nacht. Ich bin in As Wohnung in Paris, habe den Mantel aber noch an. Es ist eine kleine Wohnung, ein Zimmer mit Küche und Holzfußboden und hohen Fenstern sowie einem Bad mit blauen Kacheln über dem Waschbecken. Ich stehe mitten in dem großen Zimmer. Ich habe die Arme in einer Art Umarmung um die Taille gelegt, oder wie einen zusätzlichen Gürtel, um den Mantel an seinem Platz zu halten.

Hast du nicht vor, den Mantel auszuziehen?
Doch.
Es ist sehr spät.
Ja.
Warum bist du hergekommen?
Wie meinst du das?
Statt in dein Hotel zu gehen?

~

Du bist das Mädchen, das nicht sterben will, und jetzt, nachdem du viele Jahre fort warst, hast du dich wieder in mich verirrt. Als ich klein war, stellte ich mir vor, dass du abwechselnd in der Tapete und in meinen Kleidern wohnst, und einem großen Insekt ähnelst, einer Libelle, und statt eines Kleids hattest du einen doppelten Satz schimmernder Flügel.

Ich stellte mir vor, wir wären Schwestern. Ich habe vier Halbschwestern, vermisste aber eine *ganze* Schwester, eine *richtige* Schwester, eine, die *immer* da war. Ich hatte meine beste Freundin Heidi, die mein Spiegelbild war, aber Heidi hatte ihre eigene Schwester. Du und ich versprachen uns, dass wir einander niemals verlassen würden. Ich wollte, dass wir einen Bluteid ablegten, aber du hast ja kein Blut, also ließen wir es.

Als ich klein war, hatte ich Angst vor Insekten und im Dunkeln und vor erwachsenen Menschen, die sich betranken –

und dem Atomkrieg und der rasenden Wut meiner Eltern –

und dem Tod, nicht meinem eigenen, sondern dem von Mutter –

und vor Ballsportarten und lauten Geräuschen –

und davor, angefasst und festgehalten zu werden –

~

Das erste Mal begegnete ich A in einem Lift auf dem Weg nach oben im Carnegie Hall-Gebäude zwischen W 56th und 57th Street im Oktober 1982. Wir sprachen nicht miteinander, das Wort *begegnete* ist deshalb vielleicht falsch. So, wie ich es heute vor mir sehe, fast vierzig Jahre später, waren viele Menschen in dem Aufzug, er hielt mehrmals, Etage auf Etage, und Leute kamen und gingen. Er sagte später, mein Lächeln habe ihn bezaubert. Das glaube ich nicht. Ich lächelte so gut wie nie. Jedenfalls nicht, als ich sechzehn war. Vielleicht bezauberten ihn das weiß-rosa gestreifte Kleid, halb Bonbon, halb Punk, und die große rote Strickmütze aus Norwegen. *Mutters Mütze.* Ich meine nicht, dass ihn das Kleid als solches bezauberte – ärmellos, mit dünnen Schulterträgern, straff über den Brüsten und der Taille, ehe es sich in einem weichen Rock entfaltete, der bis zur Mitte der Knie reichte –, sondern das Mädchen, das es ganz offensichtlich liebte, sich darin zu zeigen. Die schmale Taille hat sie schon immer, sie war immer dünn, die Brüste sind fast neu und noch nicht vollständig entwickelt. Bis zum Jahreswechsel 1981/1982 war sie flach wie ein Brett. Die geliehene offene Lederjacke über den nackten Schultern ist vier Nummern zu groß und bildet einen massiven Kontrast zu dem weiß-rosa gestreiften Sommerkleid darunter, die einzige Funktion, die der Lederjacke in dieser Szenerie zukommt, besteht darin, dass sie ihr abgenommen werden soll, jemand muss sie einfach von ihr abzupfen.

Einer Untersuchung zufolge, die ich über die Zusammensetzung des Körpers gelesen habe, bestehen Gehirn und Herz aus 73 Prozent Wasser, die Lunge aus 83 Prozent Wasser, die Haut aus 64 Prozent Wasser, Muskeln und Nieren aus 79 Prozent Wasser und das Skelett aus 31 Prozent Wasser. Alles, worüber ich hier schreibe, was sich vor und während und nachdem A in Paris ein Bild von mir machte, abspielte, besteht größtenteils aus Vergessen, so wie der Körper größtenteils aus Wasser besteht. Woran ich mich nicht erinnere, was nur als Träume, Wahrnehmungen oder Schmerzen hochkommt, kann nicht in Worte gefasst werden, wird aber dennoch in Worte gefasst werden.

~

A trat aus dem Aufzug, ging den langen Flur hinunter, schloss das Fotoatelier auf und rief die Frau an, die ich hier Maxine nenne und die ihr Büro im selben Gebäude hatte. *Ich habe gerade im Aufzug ein Mädchen gesehen. Ist sie eins von deinen?*

Ich versuche, mich an ihre Stimmen zu erinnern, an As Stimme und an die von Maxine. Und was ist mit der Stimme des sechzehnjährigen norwegischen Mädchens, das manchmal Karin genannt wird? Der Name steht in ihrem Pass. Sie spricht jetzt mehr Englisch als Norwegisch, seit sie mit ihrer Schauspielerinnenmutter nach New York gezogen ist. Ich habe keine Erinnerungen an diese Stimme. Englisch ist weder ihre Muttersprache noch ihre Vatersprache, sie ist halb Norwegerin, halb Schwedin, ich stelle mir einen Anflug von Übermut in ihrer Stimme vor, wenn sie spricht, und dass es mit ihrem Englisch zusammenhängt, so als wäre diese dritte Sprache ein Kleid, das sie sich geliehen hat, und als täte sie so, als gehörte es ihr, ich höre auch Unsicherheit – das Mädchen ist sich in allem unsicher –, und diese Unsicherheit verleiht ihrer Stimme unverkennbar einen Klang von dem, was ihr schwedischer Vater, hätte er gehört, wie sie spricht, als *verlogen* abgetan hätte. Ich habe die Namen von A und Maxine im Internet gesucht, nach Videoclips gefahndet, aber keine mit Ton gefunden, ich dachte, vielleicht wenn ich ihre Stimmen höre, unsere Stimmen höre, würde das Erinnerungen freisetzen, ein Loch in dieses Geschwür stechen, das meine Geschichte von damals ist.

Kannst du sie zu mir hochschicken, ich möchte sie mir mal anschauen.

Maxine war eine gut gekleidete Frau in leger sitzenden, maßgeschneiderten, schwarzen Kleidern, die alles bedeckten, was es an Haut gab, sie trug lange, weiße Perlenketten und große runde Brillen mit schwarzen Gestellen. Schönheit kann so vieles sein, sagte sie. Anfangs war sie eine Agentin aufstrebender Fotografen, mit der Zeit auch einer bunten Auswahl von Fotomodellen, Mädchen und Jungen, schwarz und weiß, straight und gay, jung und nicht mehr ganz so jung. Sie war ihrer Zeit voraus und stellte sich eine Welt vor, in der Mädchen und Jungen, schwarz und weiß, straight und gay, keine festgelegten Kategorien mehr waren. In der Schreibtischschublade habe ich ein kleines Foto von ihr, auf dem sie mit Andy Warhol posiert, der bei dieser Gelegenheit einen dunklen Anzug und Krawatte trägt. Er gleicht einem Schuljungen, drückt den Bauch heraus, auch wenn da nicht viel Bauch ist. Maxine hat sich ein Seidentuch ins Haar gebunden, einen dünnen Gürtel um die Taille, und über der linken Brust eine Silberbrosche angesteckt, sie ist auf dem Foto jünger als zu der Zeit, als ich sie kannte. Sie stehen Arm in Arm steif nebeneinander wie ein altes Ehepaar, sie werfen sich in Pose, machen sich lustig und haben Spaß.

Sie hatte recht, Maxine, dass Schönheit so vieles sein kann, und sie sagte es zu einer Zeit, in der *schön* gleichbedeutend war mit weiß, dünn, groß, blauäugig. Ich spreche von Mädchen – über die Schönheit von Mädchen –, ich spreche nicht über andere Dinge, die schön sind, wie Vasen, Bäume, Rosen, Steine. Ich verwandte selbst viel Zeit auf *schön*. War ich schön? Nein. Deine Mutter ist eine der schönsten Frauen der Welt, sagte Maxine, und damit hatte sie natürlich recht.

Vielleicht kann ich etwas aus dir machen, sagte sie.

Ein Jahr später, 1984, veröffentlichte Marguerite Duras den Roman *Der Liebhaber*, in dem sie schrieb: *Wie ich scheinen will, so scheine ich auch, auch schön, wenn es das ist, was gewünscht wird*. Und nun hatte A angerufen und gesagt, er wolle sich mich mal *anschauen*.

Leg die Lederjacke ab, sagte Maxine. Versteck dich nicht.

Ich habe sie mir geliehen, erwiderte ich.

Das interessiert mich nicht, sagte sie. Zieh sie aus. A arbeitet für die französische *Vogue*. Er ist einer der Besten Er hat dich gesehen, und jetzt will er vielleicht mit dir arbeiten.

Er sah mich im Aufzug.

Er sagte, ich hätte ihn angelächelt, aber das stimmt nicht. Was ich tat, als ich merkte, dass er mich ansah, war, mich aufzurichten, die Schultern zurückzurollen – eine winzige Bewegung –, eine einfache Choreografie für ein sechzehnjähriges Mädchen, das mit der Kindheit abgeschlossen hat, eine kleine, gewollte Bewegung in den Hüften, im Rückgrat, im Hals, in den Wangen, in der Stirn, *die Wollust stand mir ins Gesicht geschrieben*, und dann rief er Maxine an und sagte, er wolle sich mich mal anschauen.

Ich zog die Lederjacke aus, behielt Mutters rote Mütze jedoch auf. Ich fror an den Armen.

Gänsehaut, sagte er, als er die Tür öffnete und mich hereinließ.

Er zeigte auf meine nackten Arme.

Es ist Oktober, sagte ich, bald November.

Wie alt bist du – vierzehn, fünfzehn?

Sechzehn.

~

Kurz vor Weihnachten lädt A mich im Carnegie Hall-Gebäude zu einem Drink ein. Er wohnt und arbeitet im selben Haus. Es sind andere da, eine kleine Schar von Leuten, kein Essen, nur blaue Drinks und Kokain. Die Wohnung ist groß und luftig mit riesigen, abgerundeten Fenstern, Bücherregalen und Fotos an den Wänden. Ich mag As weiße Wände und dass alle Bilder in schlichten schwarzen Rahmen sind. An diesem Abend vor Weihnachten sitzen er und ich auf dem hellen Holzfußboden, jeder von uns hat ein Glas mit etwas Blauem darin. Jemand hat eine Platte aufgelegt. Jimi Hendrix. A streicht mir einige Haare aus dem Gesicht und sagt, dass ich sie mir ganz kurz schneiden lassen sollte wie Mia Farrow –

In *Rosemary's Baby*, unterbreche ich ihn.

Genau, sagt er, wie Mia Farrow in *Rosemary's Baby* … und dann flüstert er mir die Worte *die Tochter ihres Vaters* ins Ohr. Viele Männer in seiner Familie haben beim Film gearbeitet. Das haben wir gemeinsam. Eine große, gertenschlanke Frau geht vorbei und stolpert über unsere Beine. Sie bleibt auf dem Boden liegen, schafft es nicht aufzustehen. Ich sitze da und frage mich, ob das, mir Haare aus dem Gesicht zu streichen, eine Zärtlichkeit ist. Ist er nicht zu alt, um mich auf diese Weise haben zu wollen?

Dieses Mädchen hat so unglaublich viele Filme gesehen, obwohl sie erst fünfzehn ist, sagt A zu der Frau, als sie sich aufrappelt und weiter zum Bad torkelt. Er zeigt auf mich. *Die Tochter ihres Vaters*, wiederholt er. Die gertenschlanke Frau schüttelt den Kopf.

Das ist mir wirklich völlig egal, murmelt sie.

A sieht mich an und lacht.

Ich bin niemandes Tochter, sage ich.

Er nickt.

Okay.

Ich bin sechzehn und niemandes Kind.

Er zündet sich eine Zigarette an. Bietet mir eine an. Ich nehme sie.

Paris, sagt er. Im Januar. Bist du dabei?

~

Du darfst nicht fahren, sagt Mutter. Ich will nicht, dass du fährst. Das gehört sich nicht. Du musst zur Schule, du kannst nicht einfach wegfahren ... *du kannst nicht einfach nach Paris fahren!*

Mutter weiß nicht, dass ich fast nie in der Schule bin und die Lehrer keinen Unterschied bemerken werden, ob ich nun in Paris oder in New York bin. Meine Lehrer haben Briefe geschrieben, meine Fehlzeiten sind ein Problem, ein Anlass zur Sorge, aber ich habe mir die Briefe jedes Mal geschnappt, bevor Mutter sie lesen konnte, und ihre Unterschrift auf das Formular gesetzt, als Bestätigung dafür, dass der Brief gelesen wurde, und sie zurückgeschickt.

Du bist zu jung, um allein zu reisen, sagt Mutter. Du bist zu jung, um selbst auf dich aufzupassen.

Das bin ich nicht.

Ich weiß nicht, auf wie viele Arten ich nein sagen kann, erklärt sie und betrachtet ihre Hände, als wollte sie die Finger zählen, um haargenau festzuhalten – *haargenau* –, auf wie viele Arten sie nein sagen kann.

Ich verdrehe die Augen.

Du kapierst nichts, sage ich, er arbeitet für die französische *Vogue*. Er will mit mir arbeiten. Er will …

Ich dulde es wirklich nicht, dass du die Augen verdrehst, unterbricht Mutter mich, ihre Stimme klingt leicht schrill. Sobald man vierzehn ist, ist es völlig inakzeptabel, die Augen zu verdrehen.

Was?

Ich habe gesagt, sobald man vierzehn ist, ist es völlig inakzeptabel …

Ist das eine *Regel*?

Das sagen wir in unserer Familie, antwortet sie.

Aber es ist zu hundert Prozent akzeptabel, seiner eigenen Tochter zu verweigern, glücklich zu werden, rufe ich. In *unserer* Familie? Ist es so?

~

Ich war vierzehn, fünfzehn, sechzehn und trank, bis ich mich übergab oder einschlief. Ich erwachte am Morgen und erinnerte mich nicht, was am Abend zuvor geschehen war. Oft hatte ich auch ohne zu trinken einen Blackout. Als ich neunzehn war, hörte ich auf, so zu trinken, aber das Vergessen – die Blackouts – hat mich mein ganzes Leben begleitet.

Blackout ist das falsche Wort. Die Form von Vergessen, die ich meine, ist nicht schwarz, sondern weiß.

Anne Carson schreibt über Wörter, die sich nicht übersetzen lassen – Wörter, die wir aussprechen, aber nicht definieren, besitzen oder uns zunutze machen können: *Fast so, wie wenn dir das Porträt irgendeines Menschen gezeigt wird, von keinem berühmten Menschen, aber einem, den du gleichwohl wiedererkennen würdest, wenn du dich konzentriertest – und während du es sorgsam studierst, siehst du dort, wo das Gesicht sein sollte, einen Klecks weißer Farbe.*

Wenn ich dorthin komme, wo sie *einen Klecks weißer Farbe* schreibt, denke ich an mein eigenes Gesicht, als ich sechzehn war und A kennenlernte.

~

Ich gehe auf eine private High School in der West 61st Street in New York. Ich belege Französisch 2, was suggeriert, dass ich Französisch 1 belegt und bestanden haben sollte, aber als ich im Januar 1983 nach Paris reise, habe ich Probleme, etwas zu verstehen und mich verständlich zu machen. Entweder habe ich alles vergessen, was ich gelernt habe, oder ich habe von Anfang an nichts gelernt.

Ich fehle in jenem Jahr häufig in der Schule, das stimmt. Tage, Wochen. Ich gehe vormittags ins Kino, trinke auf einer Bank im Central Park schwarzen Kaffee, verbringe Stunden im Naturhistorischen Museum, das um die Ecke des Apartmenthauses liegt, in dem ich mit Mutter wohne, das mit dem grünen Baldachin über dem Haupteingang. Im Museum besuche ich die kleinsten Lebewesen, nicht den großen blauen Wal – nein, an dem dreißig Meter langen, zehn Tonnen schweren, blauen Modell aus Schaumstoff und Glasfaser, das von der Decke herabhängt, gehe ich schnurstracks vorbei – und besuche Ausstellungen von Lebewesen, die so klein sind, dass man sie mit bloßem Auge nicht sehen kann. Bärtierchen, zum Beispiel, sind nicht größer als ein Embryo im Mutterleib. Ich weiß nicht, ob ich damals viel über sie erfuhr und es vergaß, oder ob ich jetzt zum ersten Mal etwas über sie las, nachdem ich am Morgen Sharon Olds gehört hatte, die von ihnen sprach, und daraufhin an die einsamen Tage im Museum vor fast vierzig Jahren erinnert wurde. Bärtierchen gibt es überall – im Meer, auf Gletschern, zwischen Laub und im Moos, von Häuten aus Wasser umgeben, sie leben dort, wo ich im Stadtteil Torshov wohne, in dem Park auf der anderen Straßenseite. Wenn es erforderlich ist – wenn sie müssen –, verwandeln sie sich in Tönnchen. Ein *tönnchenförmiger Ruhezustand*, lese ich im Internet. Ein Bärtierchen im tönnchenförmigen Ruhezustand kann praktisch alles überleben, extreme Hitze, extreme Kälte, radioaktive Katastrophen, Reisen ins Weltall.

Ich bin sechzehn, ich gehe ins Kino, trinke Kaffee und treibe mich allein im Museum herum.

~

Aber warum fährst du nach Paris? Was wünschst du dir?

Das sechzehnjährige Mädchen sieht mich trotzig an.

Was soll ich darauf antworten?

Ich bin kein Kind mehr, sagt sie.

Ich will das Objekt, der Mittelpunkt, das Ziel der Begierde eines anderen sein.

Ich will nicht allein sein.

~

Es ist nicht viel, was ich aus dieser Zeit aufgehoben habe. Ich schrieb Tagebuch, bis ich fünfzehn war, und erneut, als ich achtzehn war, aber in diesen drei Jahren, zwischen fünfzehn und achtzehn, da schrieb ich nichts. Das Foto, das A von mir machte, mit den Ohrringen, ist fort, aber es gibt ein anderes Foto von 1983. Ich weiß noch, dass die Fotografin – die Frau, die das zweite Bild machte – Französin war, dass sie fließend Englisch sprach, dass sie elegant war. Vielleicht erzählte ich ihr, dass ich gerade zurück aus Paris war.

Es ist noch Winter. Wir gehen die Columbus Avenue hinunter, sie macht das Foto in einem Café. Wir sitzen uns an einem Cafétisch gegenüber und reden (fast wie Freundinnen), während sie ihre Kamera herausholt und anfängt zu fotografieren. Die Geschichte mit A ist noch nicht vorbei, er ruft morgens an, er ruft abends an, er bittet mich zu kommen, aber ich erzähle der Fotografin nichts davon.

Auf dem Foto, das sie von mir macht, trage ich einen blauen Pullover. Ich schaue direkt in die Kamera.

Etwas anderes, das aus jener Zeit an die Oberfläche gespült wird, ist ein Brief meines Französischlehrers. Dass ich ausgerechnet diesen Brief aufbewahrt habe, ist reiner Zufall. Er liegt in einem Karton auf dem Dachboden. Auf den Karton habe ich *New York 1981–1984* geschrieben, ich finde nur wenige Dinge darin. Der Brief meines Französischlehrers ist nicht besonders lang, eher eine Warnung als ein Brief, davor, was passieren wird, wenn ich weiter die Schule schwänze. Dem Brief lässt sich entnehmen, dass der Französischlehrer Monsieur O hieß. Ich erinnere mich nicht an ihn, wirklich nicht, ich habe keine Erinnerung an ihn, ich kann nicht begreifen, dass er und ich etwas miteinander zu tun hatten. Selbst als ich im Jahrbuch der Schule von 1984, also dem Jahr nach meiner Reise nach Paris, eine Fotografie von ihm finde, erkenne ich ihn nicht wieder oder erinnere mich irgendwie an ihn.

Weil ich 1984 in die Abschlussklasse gehe, gibt es in dem Jahrbuch auch ein Bild von mir. Ich bin stark geschminkt, trage ein schwarzes T-Shirt und eine schwarze Hose, das Gesicht aus dem Vorjahr, als ich sechzehn war, ist verschwunden, ich habe halblange, rote Haare und sehe aus wie ein ganz anderes Mädchen.

Ich betrachte das Bild von Monsieur O. Ich warte darauf, dass etwas geschieht. Dass etwas in mir an die richtige Stelle gerückt wird. *Ach ja, jetzt erinnere ich mich.* Wie ist es möglich, dass es zu so einem Augenblick niemals kommt? Ich betrachte das Bild, und statt mich allmählich zu erinnern, fahre ich nur fort zu vergessen.

Geht es A genauso?

Wenn man ihm ein Bild von mir zeigen würde, sogar das Foto, das er selbst gemacht hat, würde er den Kopf schütteln und sagen, nein, ich kann mich wirklich nicht an sie erinnern, tut mir leid, ich weiß nicht, was ich sonst noch dazu sagen soll.

1984 war Monsieur O ein Mann mit graumelierten Haaren, der von einem anderen Leben träumte. Obwohl, das weiß ich natürlich nicht. Vielleicht mochte er es, Anfang der achtziger Jahre Französischlehrer an einer privaten High School in New York zu sein? Auf dem Bild lächelt er. Er trägt ein weißes Hemd, ein Tweedjackett und eine breite Seidenkrawatte. Er sitzt über eine große, weiße elektrische Schreibmaschine gebeugt, im Hintergrund erkenne ich ein weißes Bücherregal voller Papierstapel. Sind das Manuskripte? Schreibt Monsieur O an einem großen Roman? Keiner der anderen Lehrer ist mit Schreibmaschine, Bücherregalen und Papierstapeln abgebildet. Mehrere Lehrer sind in einem Klassenzimmer abgebildet, zum Beispiel vor der Tafel, oder im Lehrerzimmer, oder in einem der Flure.

Ich blättere weiter.

An manche Lehrer erinnere ich mich ganz deutlich – den Mathelehrer Mr. C und den Englischlehrer Dr. L und die Physiklehrerin Mrs. T, die im weißen Laborkittel vor dem periodischen System posiert.

Ich blättere zu dem Bild von Monsieur O zurück. Wahrscheinlich haben er und der Fotograf vorher abgesprochen, wie das Bild aussehen soll: Monsieur O wird an der Schreibmaschine sitzen, in einem Raum, der davon erzählt, dass darin große Dinge geschehen (die Papierstapel), und dann, als der Fotograf den Raum betritt, blickt er, gewissermaßen überrascht, auf.

Woran ich mich erinnere, ist –

Woran ich mich erinnere, ist: Ich bin orientierungslos. Ich weiß nichts über Paris. Ich finde den Weg nicht. Das ist es, was geschieht. Ich habe mich nicht vorbereitet, mich einfach mit neuem Mantel und neuen Stiefeln auf den Weg gemacht.

In New York, der Stadt, in der ich mit meiner Mutter lebe, kenne ich mich aus. Begegnest du irgendwann in den achtziger Jahren in New York dem sechzehnjährigen Mädchen, kannst du sie fragen, wie du dahin oder dorthin kommst, sie kann es dir mit Sicherheit zeigen. Aber – und das weiß ich ganz genau: New York ist nicht die Stadt des Mädchens, auch wenn sie dort wohnt. Ich weiß nicht, ob sie eine Stadt hat. Oder einen Ort. Lange –

vielleicht, bis sie nach Paris gereist ist, um von A fotografiert zu werden – war es ihre Mutter, die für sie einem Ort am nächsten kam. Sie wollte dort sein, wo die Mutter war. Sie sehnte sich nach ihrem Lachen. Ihrer Stimme. Ihrem Parfüm.

Und was ist mit dir? Du warst meine unsichtbare Schwester, du gingst mit mir durch dick und dünn. Als ich zu alt war, um eine unsichtbare Schwester zu haben, bist du als etwas anderes zurückgekehrt. Gestaltlos, namenlos. Ein Kreis aus Vergessen und Angst und unfertigen Geschichten. *Ich werde dich nie wieder verlassen.* Waren wir zusammen in Paris? Waren wir eine oder zwei? *Du, du, du.* Halb Insekt, halb Gespenst, halb verzweifelte Erinnerung. Du kamst im September und wuchst zu etwas so viel Größerem, als ich für möglich gehalten hätte. Du schnürtest dich um mich herum und in mich hinein, bis es unmöglich war zu entscheiden, wo du begannst und ich endete, wer von uns wer war.

~

Es ist Nacht. Ich trage ein Kleid, das ich mir von einem gleichaltrigen Mädchen geliehen habe – ein dünnes, blaues, seidenartiges Kleid, das knapp den Po bedeckt, und den blauen Mantel, den Mutter und ich vor meiner Abreise gekauft haben. Er hält mich warm. Ich spreche kein Französisch, nur ein paar Brocken. Außerdem habe ich Mutters rote Mütze auf. Ein älteres Liebespaar kommt mir auf dem Bürgersteig entgegen, im Licht der Straßenlaternen sehe ich sie deutlich (selbst jetzt, fast vierzig Jahre später). Sie sehen freundlich aus, sie hat lange, dunkle Haare und eine rote Mütze, genau wie ich. Ein riesiger, weißer Hund läuft zwischen ihnen. Die beiden können mir helfen. Ja, das können sie. Ich gehe auf sie zu, ich stelle mich vor sie, stelle mich so hin, dass sie nicht vorbeigehen können, nicht ihren Abendspaziergang mit dem Hund fortsetzen können, ohne vorher mit mir zu sprechen – nicht Abendspaziergang, sondern Nachtspaziergang, es ist jetzt Nacht –, ich halte sie auf dem Bürgersteig an, unter der Straßenlaterne, und bitte um Hilfe. Ich muss mein Hotel finden. Ich erinnere mich nicht an die Adresse. Ich hätte längst auf meinem Zimmer sein sollen. Mutter wollte um zehn Uhr anrufen. Das war die Bedingung dafür, dass ich reisen durfte. All das sage ich auf Englisch. Ich fuchtele und gestikuliere, als reichten Arme und Hände aus, wo die Sprache unzureichend bleibt. Arme und Hände reichen manchmal aus, wo die Sprache unzureichend bleibt, beim Tanzen, Lieben beispielsweise, wenn du dich schlägst, ein Instrument spielst oder wenn du wider Erwarten Kardiologe bist und gerade ein Herz operierst. Hier jedoch nicht. Definitiv nicht. Ich stehe mitten auf dem Bürgersteig, lasse sie nicht vorbei, fuchtele und gestikuliere. Bitte, helfen Sie mir, den Weg zu finden. Ich habe ein Zimmer in einem Hotel. Ich weiß nicht, wo es ist, aber an der Rezeption hängt ein Schlüssel, der meiner ist. Meine Mutter hat viele Male angerufen und ängstigt sich und ist wütend.

Das Liebespaar sieht mich an und stiert. Sie schütteln den Kopf und zucken mit den Schultern. Verzeihung, sagt die Frau mit der roten Mütze, die der meinen ähnelt, Verzeihung, wiederholt sie und zeigt mit einer kleinen, blauen Handschuhhand an, dass ich Platz machen, nicht den Bürgersteig blockieren soll, damit sie und der Hund und der Mann weitergehen können.

Woran ich mich erinnere, ist –

Woran ich mich erinnere, ist der erste Morgen in Paris – vor der langen Nacht, in der ich mich verlaufen habe – und das weiße Licht in dem großen, bunkerartigen Fotoatelier. Die Mädchen sitzen auf einem hohen Hocker in einem Lichtkegel, wenn A sie fotografiert. Die großen Spiegel in der Schminkabteilung werden von Glühbirnen umrahmt. Im Hintergrund wummert Musik, Hall & Oates, *she's a maneater*, in dem es nicht um eine gefährliche Frau geht, wie ich damals glaubte, wie wir alle glaubten – es braucht nur ein paar Akkorde, bis wir anfangen, uns zu wiegen, bis wir vorsichtig anfangen, mit den Hüften zu wackeln in dem Studio, so wie wir es hunderte Male allein in unseren Mädchenzimmern getan haben, allein – eine gefährliche, verführerische Frau, die eine Perlenkette aus Männern zurücklässt, Männer, die vor lauter Begierde und Sehnsucht verrückt geworden sind. Eine solche Macht zu haben. Einen solchen Körper. Eine solche Begierde zu wecken. 2014, als ich mich (einmal mehr) daran setze, über das Mädchen von 1983 zu schreiben, nur um kurz darauf aufzugeben, veröffentlicht die Zeitung *The Philadelphia Inquirer* ein Interview mit dem Musiker John Oates, in dem er erklärt, dass »Maneater« gar nicht von einer Frau handelt, sondern von New York City in den achtziger Jahren, von Gier, Lust und zerstörten Träumen.

Ich erinnere mich, dass ich die langen Strassohrringe anziehe.

Woran ich mich *nicht* erinnere, ist mein Französischlehrer Monsieur O. Er ist völlig aus meinem Gedächtnis verschwunden. Ich frage mich, ob er mit den Schultern zuckt (genau wie das Liebespaar mit dem Hund), wenn ich ihm bei einer seltenen Gelegenheit ins Auge falle. *Da ist sie, dieses Mädchen, die in meinen Stunden niemals anwesend ist.* Ich beuge mich über das Bild von ihm. Er sieht aus wie ein Mann, der häufig mit den Schultern zuckt.

In dem besorgten Brief an Mutter – er ist getippt worden, mit Sicherheit auf der großen, weißen Schreibmaschine – hat er sich bemüht, exakt zu sein, er beschreibt seine abwesende, sechzehnjährige Schülerin, so präzise er kann: *Wäre Ihre Tochter besser vorbereitet und würde ihre Tage besser planen, würde sie nicht nur eine qualitativ bessere Leistung in dem Fach erbringen, sondern auch ein ruhigerer Mensch werden. Derzeit lebt sie mit dem Stress, der daraus entsteht, ständig unter dem Druck einer zeitlichen Frist zu arbeiten. Besser vorbereitet zu sein, würde, glaube ich, einen großen Teil der Unruhe in ihrem Leben reduzieren.*

~

Es ist Frühling. Der Hund und ich gehen im Torshovpark spazieren. Er mag es nicht, dass ich telefoniere, während wir spazieren gehen, er bittet darum, dass die Aufmerksamkeit nicht auf zu viele Dinge gleichzeitig verteilt wird, aber er findet sich damit ab, mit dem Spaziergang, dem Telefon, so wie er sich im Grunde mit dem meisten abfindet, mit seinem Älterwerden, seinem Hinken, seiner Langsamkeit, seiner Einsamkeit, wenn er als selbstverständlich hingenommen wird. Er verzeiht immer.

Meine Mutter und ich sprechen über Alkohol.

Ich *wollte* Blackouts haben, sagt sie am Telefon. Sie hat seit dreißig Jahren keinen Tropfen Alkohol mehr angerührt.

Ich trank, weil ich nicht dort sein wollte, wo ich war. Ich wollte schlafen. Verschwinden.

Verschwinden?

Ich meine nicht, dass ich *verschwinden* verschwinden wollte, sagt sie. Ich meine nur, dass ich fort sein wollte, nicht für immer, sondern nur für eine Weile.

Dann fragt sie, wie ich es geschafft habe, vor ihr zu verbergen, dass ich trank.

Das war nicht besonders schwierig, sage ich.

Mutter lacht, aber unsicher.

Ich lache dann auch.

~

Am Tag darauf sagt Eva: Mir ist ein Mädchen aufgefallen.

Wie meinst du das? Wo denn?

Im Internet, sagt sie, auf einer neuen Plattform, bei der sich Jugendliche aus der ganzen Welt einloggen und zusammen Hausaufgaben machen können.

Aber was passiert, welchen Sinn hat das?

Na ja, es passiert nichts. Es ist nicht möglich, sich zu begegnen oder sich Nachrichten zu schicken – das Ganze ist ohne Ton, wie in einem richtigen Lesesaal, oder eher nicht wie in einem richtigen Lesesaal, denn da gibt es ja eine Menge Geräusche. Was ich sagen will, ist, dass man die Stimmen der anderen nicht hört, man hört nichts. Man loggt sich ein und macht Hausaufgaben oder starrt in die Luft, oder in die Kamera, ich habe einen gesehen, der Gitarre gespielt hat, aber eben ohne dass man es hören kann.

Der Hund trottet zwischen Eva und mir daher und bestimmt das Tempo, es geht langsam voran, weil er alt ist, erst gehen wir durch den Torshovpark, danach zum Torshovtal und immer im Kreis um den großen bronzenen Puppenkopf herum.

Mama, sagt Eva, erinnerst du dich an den ersten Lockdown im Winter, als wir uns schick machten, nur um zu dem Puppenkopf und wieder zurück zu gehen?

Ich nicke.

Ich will mehr über das Mädchen im Internet erfahren. Woher kommt sie?

Das weiß ich nicht, sagt Eva, wahrscheinlich lebt sie in derselben Zeitzone wie ich, aber sicher ist das nicht, es gibt unglaublich viele, die sich auch nachts einloggen, aber sie hat so etwas Tagartiges …

Was meinst du mit tagartig?

Ich weiß es nicht.

Ich frage, was ihr gerade an diesem Mädchen ins Auge gefallen ist.

Eva zuckt mit den Schultern.

Keine Ahnung. Ihr Gesicht. Der Blick. Ihr cooler Stil.

Eva trägt ein dünnes, schwarzes Seidenkleid (das sie von mir geerbt hat) und rote Dr. Martens.

Gestern habe ich mich wieder eingeloggt, sagt sie, und durch alle Gesichter gescrollt und sie am Ende gefunden.

Eva trinkt ihren Kaffee aus, zieht einen Mundschutz aus der Tasche und stopft ihn in den leeren Pappbecher, ehe sie ihn in den Mülleimer wirft.

Das Mädchen hat eine blaue Tapete an der Wand, sagt sie. Jeder kann ja den Hintergrund der anderen sehen, aber es ist nicht möglich, Blickkontakt aufzunehmen. Es haben sich so viele eingeloggt, dass sie vielleicht ganz andere Gesichter sieht als ich. Ich weiß nicht, ob sie mich überhaupt gesehen hat. Vielleicht sollte ich ihr ein Zeichen geben und schauen, ob sie mir antwortet.

~

Wie leben Erfahrungen weiter, nicht als Erinnerungen, sondern durch Vergessen? Wie soll man über den weißen Klecks schreiben, der sich nicht so übersetzen lässt, dass er zu einer Geschichte mit einem klaren Anfang, einer Mitte und einem Ende wird? Als ich sechzehn war, im Herbst 1982 und Winter 1983, kannte ich für kurze Zeit einen vierundvierzigjährigen Mann, den ich A nenne. Heute ist er alt. Gelegentlich frage ich mich, ob ich ihm eine Mail schicken soll. *Erinnerst du dich an mich?*

Er war immer high von irgendetwas, *in den Achtzigern gab es viel Kokain*, hat er in einem Interview gesagt, er wurde umschwärmt und war unzurechnungsfähig.

Es ist nicht gesagt, dass er sich an mich erinnert. Ich weiß nicht, ob ich *will*, dass er sich an mich erinnert.

Ich klicke Bilder an, die er ins Netz gestellt hat, ein alter Mann, der von New York an einen anderen Ort in den USA gezogen ist (in der Nähe eines Strands) und ab und zu Bilder von sich, den Kindern, Enkelkindern und seiner dreißig Jahre jüngeren Frau in den sozialen Medien einstellt. Die letzten Fotos sind neu, er hat sie hochgeladen, während ich über ihn geschrieben habe, er weiß nicht, dass ich jeden Tag an ihn denke, seinen Namen vor mich hin sage. Auf einem der Bilder sitzt er mit seiner

Familie zusammen, alle halten Abstand, sie haben sich an einem großen, festlich gedeckten Tisch niedergelassen, auf einem weiten Sandstrand, es ist windig, das erkenne ich an den langen Haaren der Mädchen und dem Saum der weißen Decke, die Pointe des Bildes ist in Anbetracht der Blicke und Handbewegungen offenbar, dass es schwierig ist, eine Geburtstagstorte zu essen, wenn alle einen Mundschutz tragen. Der Kuchen mit den über achtzig Kerzen steht mitten auf dem Tisch. Unangerührt. Blaues Meer umgibt sie. In den letzten Jahren hat er abgesehen von Familienbildern auch Fotografien aus den siebziger und achtziger Jahren gepostet, als er am umschwärmtesten war, Bilder von schönen Frauen, Titelseiten, Reportagen, legendäre Magazine, ich ertappe mich dabei, mich zu fragen, ob er das Bild posten wird, das er von mir gemacht hat. Ich weiß, dass das nicht geschehen wird. Natürlich nicht. Sollte er sich an mich erinnern, dann nicht als einen Lichtblick, als ein Licht, was meinte er noch zu mir, als ich in seinem Jeep saß und weinte und sagte, ich wolle nach Hause, *kleine neurotische Rotznase.*

Das Einzige, was ich habe, ist eine Erinnerung an eine Fotografie von einem jungen Mädchen, von mir. Ich war damals genauso alt wie Eva heute, oder etwas jünger, und ich frage mich, ob das, es noch einmal zu erleben, *sechzehn* zu sein, nicht als man selbst, sondern durch eine andere, ein Kind, eine Tochter, einen Einfluss auf die Perspektive hat.

Ich bin nicht mehr so wütend auf das sechzehnjährige Mädchen, das Karin getauft wurde, auch wenn keiner sie so nannte, sie keiner mehr so nennt, sie ist mir nicht mehr so peinlich, ich bin nicht mehr so erpicht darauf, sie abzuschreiben, sie zu vergessen, vorzugeben, dass es sie nicht gab. *Gibt*. Und dennoch: dass keiner sich daran erinnert, was geschah, dass nichts darüber geschrieben wurde, *dummes kleines Mädchen, du hast hier nichts zu suchen,* lässt mich daran zweifeln, ob das, was ich erlebte, wahr ist, ich bezweifle, dass es tatsächlich geschah, oder, ich weiß ja, dass es geschah, aber ich bezweifle, dass das, was ich erlebte, gültig ist, dass es sinnvoll ist, es hervorzuheben. Und gleichzeitig: Wenn ich nicht darüber schreibe, weil ich zweifele, weil der Zweifel Angst auslöst, weil ich beinahe alles tue, um der Angst zu entgehen, weil der Zweifel und die Angst mich in den gleichen hilflosen Zustand versetzen wie damals, als ich sechzehn war, dann vergesse ich, wie Annie Ernaux schreibt: *Die Dinge sind mir passiert, damit ich davon berichte.*

Ein paar Monate, nachdem A und ich uns im Aufzug begegnet waren, verbrachten wir gemeinsam einige Tage in Paris. In seiner Wohnung, im Bett, in der weißen Bettwäsche, in dem roten Jeep, in dem bunkerartigen Fotoatelier.

Aber das Mädchen, das ich war, löst sich jedes Mal auf, wenn ich sie anfasse. Es gibt so viel, was du nicht begreifst, ruft sie von einer Straßenecke in einer ihr fremden

Stadt. Und das Wort *kannte* ist falsch, sagt sie. Du hast geschrieben, *als ich sechzehn war, vom Herbst 1982 bis zum Winter 1983, kannte ich für kurze Zeit einen vierundvierzigjährigen Mann*, das ist falsch. Es ging nicht darum, sich kennenzulernen, nicht darum, sich zu kennen. Sei genau. Bitte.

Es ist mitten in der Nacht, es ist kalt draußen, sie trägt ein geliehenes Kleid, den neuen blauen Mantel und hochhackige Stiefel.

~

In New York sind dort, wo A ist, immer auch andere, egal wo. Im Fotoatelier. In der Wohnung. Der schlaksige junge Typ, der Fotoassistent ist, die Maskenbildner und Friseure, die Freunde von A, ein älterer Fotograf, der ebenfalls in einer Wohnung im Carnegie Hall-Gebäude wohnt, *er war früher bekannt, machte Fotos, die etwas bedeuten, du solltest wissen, wer er ist*, sagt A. Mädchen. Es sind Mädchen dort. Und ein fetter Mann. Die Männer sind (abgesehen von dem Assistenten) meistens alt, über vierzig, über fünfzig. Der fette Mann heißt Claude. Er ist immer da, wo A ist. Wenn A nach links schaut, schaut Claude auch nach links. Abgesehen davon ist es schwer zu wissen, was er treibt. Er kennt die Namen aller Mädchen, die ein und aus gehen. Eine von ihnen ist Jane. Sie geht auf meine Schule, ist in der Klasse unter mir, sie ist vierzehn oder fünfzehn – jünger als ich, aber über einsneunzig groß, spricht mit keinem. Wenn wir uns in As Atelier begegnen, tun wir so, als würden wir uns nicht aus der Schule kennen. Als wäre die Tatsache, dass wir Schulmädchen sind, ein Geheimnis, das wir dort nur ungern mit irgendjemandem teilen. Janes Geschichte geht so, dass sie in einem Einkaufszentrum in Wisconsin entdeckt wurde. Es heißt, dass sie jetzt mit ihrem Agenten zusammenwohnt, einem der mächtigsten Agenten in der Stadt.

Jane ist so unglaublich hübsch, sage ich zu A.

Jane ist nicht hübsch, unterbricht mich Claude, *she's a piece of sex.*

Jane verschwand ein paar Monate, nachdem ich aus Paris zurückgekehrt war, aus der Schule, im März oder April 1983. Ich blättere im Jahrbuch der Schule, dem von 1984, und suche nach ihr. Sie ging in die Klasse unter mir, aber ich finde sie auf keinem Klassenfoto.

Was geschah?

Jemand sagte, sie habe aufgehört, als Model zu arbeiten. Jemand sagte, sie sei auf eine andere Schule gewechselt. Jemand sagte, ihr Agent habe sie hinausgeworfen und durch eine Neue ersetzt. Jemand sagte, ihr großer Bruder habe sie am Port Authority Busbahnhof abgeholt (wo sie unter dem Greyhound-Schild stand, alle anderen Frauen und die allermeisten Männer überragend, ohne einen Dollar in der Tasche), jemand sagte, der Bruder habe sie nicht loslassen wollen, bis sie daheim in Wisconsin waren, jemand sagte, die Busfahrt habe fast neunzehn Stunden gedauert, das sei eine lange Zeit, um einen nicht loszulassen, jemand sagte, sie sei tot, jemand sagte, sie habe einen Job in Mailand bekommen, jemand sagte, sie habe einen Job in Tokio bekommen, jemand sagte, sie habe eine Überdosis genommen, Crack, Heroin, jemand sagte, sie habe einfach so viel Kokain genommen, dass sie ein Loch in der Nase hatte und nicht mehr als Model arbeiten konnte, jemand sagte, sie habe einen zwanzigjährigen Jungen getroffen und geheiratet und sei weggezogen.

~

Sage ich deine Namen viele Male hintereinander (all die Namen, die ich dir im Laufe der Jahre gegeben habe), kann ich mir dein Gesicht vorstellen, den schlanken Körper und die Hände (die Flügel?), so groß und trocken, dass sie an altes Laub erinnern, an wilden Wein im Herbst.

Als wir klein waren, neun Jahre alt vielleicht, und mehr Sonne als Schatten, nahmst du meine Hände in deine.

Sieh uns an, sagtest du.

Ich zog die Hände zurück.

Es bringt Unglück, Hände zu vergleichen, sagte ich, jedenfalls wenn man sie aneinanderlegt.

Du hast begonnen, unangemeldet zu kommen, wie damals, als wir Kinder waren.

Lass mich in Ruhe, sage ich. Geh weg und quäl andere.

Du legst dich auf die Couch. Du setzt dich auf den Stuhl am Fenster. Du tanzt im Sonnenlicht immer im Kreis, zitternd, und sagst, *ich mache keinen Mucks, ich mache keinen Mucks, hörst du, wie still ich bin.*

Und dann nimmst du wieder meine Hände in deine und drückst sie.

Deine Hände sind größer als meine, sagst du. Alles an dir ist größer.

~

Frühjahr 2021. Ich beschließe, zum Sommerhaus zu fahren, um dort zu schreiben. Als ich ein Kind war, waren Mutter und ich häufig gemeinsam dort. Mutter ließ »Raindrops Keep Fallin' on My Head« auf dem kleinen Plattenspieler im Wohnzimmer laufen. Sie machte ständig Fotos und heftete sie an die Wand, nachdem sie die Bilder in der Stadt entwickelt hatte. Wir liefen barfuß auf sonnenwarmen Uferfelsen herum und den steilen Hang hinab, dorthin, wo man schwimmen gehen konnte, Mutter in langen, dünnen Kleidern und großen Strickjacken, die Eva mehr als vierzig Jahre später im Kleiderschrank findet und zu ihren macht.

Abends aßen wir Eintöpfe, die den ganzen Tag auf dem Herd gestanden und geköchelt hatten, und zum Nachtisch Süßigkeiten. Ich erzählte ihr von den Wochen mit

Vater in Hammars, von seinem roten Fahrrad, von meinem Bruder Daniel, der im Zimmer nebenan schlief, von der blauen Bettwäsche. Im August, ein oder zwei Wochen vor Schulbeginn, wurde es abends abrupt dunkel, und dann kam Heidi mit dem Zug. Mutter und ich standen auf dem Bahnsteig und winkten. Heidi war ein Jahr älter als ich und konnte von den höchsten Felsabsätzen springen und mit bloßen Händen Feuerquallen herausheben.

Ab und zu saßen Mutter und Heidi an dem großen Esstisch mit Aussicht auf das Meer und den Leuchtturm und lachten und sortierten Besteck oder legten Patience. Sie hatten lange Haare, die im Abendlicht glänzten.

Auf dem kleinen Tisch, dem unter dem Fenster, stand eine blaue Schale mit überreifen Äpfeln.

~

Häng meine Bilder nicht ab, sagt Mutter am Telefon.

Jetzt, wo es unmöglich ist zu reisen, wohnt sie seit Langem in einem großen Haus in Massachusetts.

Sie hat sich in einen roten Ahornbaum vor ihrem Küchenfenster verliebt.

Sie lebt mit einem alten Mann zusammen, der ihr nicht antwortet, wenn sie mit ihm spricht.

~

Wenn du zum Sommerhaus fährst, will ich mitkommen, sagst du. *Du, du, du*. Ich weiß nicht, wie ich dich nennen soll. Ich nehme den Hund mit. Er ist genauso alt wie Mutters Ahornbaum. Vielleicht muss ich nur *eins* sagen: dass es ihn gibt. *Den Hund gibt es.* Große und schwarz und schön. Nachts atmet er so laut und schwer, dass ich von Zügen träume (klappernd, heulend), weil er sich neben mich gelegt hat, ab und zu auf mich, im Bett, mit der Schnauze an meinem Ohr.

Am ersten Abend klettere ich den steilen Hang zum Meer hinab, um mir die Quallen anzusehen. Sie dümpeln an der Oberfläche, ineinander verwickelt, fragil, es ist unmöglich zu erkennen, wo die eine beginnt und die andere endet. Außer einer, die blau ist und sich nicht in sich selbst oder andere verwickelt hat. Sie ist weder so groß noch so prächtig wie die, von der ich träumte, als ich ein Kind war, aber ich bleibe stehen und betrachte sie lange. Sie zieht sich zusammen und entfaltet sich, zieht sich zusammen und entfaltet sich. Während ich dort stehe und schaue – silbergraues Frühlingslicht auf dem Wasser –, denke ich an mein Herz und an die meiner Kinder, an das Herz meiner unsichtbaren Schwester (*deins*), das es nicht gibt, das Herz meines Vaters, das nicht schlägt, das Herz meiner Mutter.

Was machst du, fragt Mutter am Telefon.

Ich schreibe, sage ich, und übersetze zwischen dem Schreiben ein bisschen.

Bist du allein, fragt sie.

Ja, sage ich.

Hast du meine Bilder abgehängt?

Nein, sage ich.

Hast du Angst im Dunkeln?

Ja, sage ich.

Worüber schreibst du?

Nichts Wichtiges, dies und das, wie man so sagt, antworte ich, vielleicht etwas, das dich zum Lachen bringen wird, *so ein unbezähmbares, ewig währendes, bauchpolterndes Ha-ha*, das habe ich früher immer geschafft.

Darauf freue ich mich, sagt sie.

Am Morgen und dann wieder am Abend – lange Spaziergänge mit dem Hund an dem hellgrünen Feld entlang. Der Hund versucht herauszufinden, was es heißt, Hund zu sein. Er fürchtet sich vor Wellen, bellt seinen eigenen Schatten an, hat Ohren, die weicher sind als Babywangen, und Pfoten, die gut riechen. Als wir eines Tages unterwegs sind, zieht und zerrt er an der Leine, mehr als üblich, und zu unser beider Verwunderung beginne ich zu weinen. Der Hund dreht sich zu mir um und sieht unglücklich aus, weil er annimmt, dass er mich zum Weinen gebracht hat. Ich schüttele den Kopf. Es hat nichts mit dir zu tun, sage ich, es hat nichts mit dir zu tun. Ich weiß nicht, was es ist. Das sage ich immer, wenn du (nicht der Hund, sondern du) in der Nähe bist.

Ich sage: Ich weiß nicht, was los ist. Du bist jedes Mal neu, trittst in immer neuen Verkleidungen auf – als ein zu scharfes Licht, als ein Schwarm Insekten, als hitzige Äste, als ein schwarzer, polierter Schuh. Sind es die ständigen Veränderungen, die es unmöglich machen, mit dir in Kontakt zu bleiben? Ich erkenne dich vom einen zum nächsten Mal nicht wieder, aber ich weiß, du bist es, ich kann nicht atmen, wenn du in der Nähe bist. *Du hältst mich hinten und vorn umschlossen.*

~

Ich darf nicht fahren. Mutter sagt, ich sei zu jung. Du bist viel zu jung. *Ich sage nein.* Sie läuft in der großen Wohnung in der W 81st Street herum und herum und sagt nein. Auf wie viele Arten kann man nein sagen? Drei, fünf, neun, achtzehn, siebenundzwanzig, neunundfünfzig, dreiundachtzig, einhundertfünf. Aber das Mädchen im Flugzeug bin trotzdem ich. Mit einem neuen blauen Mantel, neuen Stiefeln und roter Strickmütze. *Wir reisen fertig angezogen*, das sagen wir so in unserer Familie, erklärte Mutter. Ich weiß nicht, ob das stimmt. Ich habe nie gehört, dass jemand in unserer Familie sagt, *wir reisen fertig angezogen*, weder vorher noch nachher.

Mutter sagt nein, du darfst nicht fahren, du bist zu jung, es gehört sich nicht, es ist nicht okay, wir wissen nicht, ob diese Leute, die du da treffen wirst, *in Ordnung* sind. Dann zogen wir los und kauften neue Kleider für die Reise.

Ich glaube, mit *diese Leute* meinte Mutter A, aber es war einfacher, in allgemeinen Wendungen zu denken und zu sprechen, als etwas Spezifisches zu sagen, jedenfalls, wenn es Dinge berührte, die sie betrafen, oder mich, oder uns.

~

Das Sommerhaus ist mit Kommoden in allen Größen und allen möglichen Holzarten möbliert. Die Schubladen sind vollgestopft, eine mit Besteck, eine andere mit Fotos. Ich blättere in den Fotos. Auf den Bildern sind Mutter und ihr Mann noch jung. Sie haben Freunde zu Besuch. Sie grillen. Sie sitzen auf der Terrasse. Alle trinken Wein, außer Mutter. Sie trinkt Cola und sitzt mit einem großen, schwarzen Sonnenhut im Schatten. In einer dritten Schublade finde ich eine Mappe mit Dingen aus den Siebzigern und Achtzigern: Fotografien, Zeitungsausschnitte, Briefe und einen kleinen Stapel Zettel. Einer der Briefe ist ein Liebesbrief. Die Handschrift ist undeutlich, aber es gelingt mir, alles zu entziffern. Er (ich glaube, es ist ein er), der schreibt, zitiert aus Tove Janssons *Winter im Mumintal.* Handgeschriebene Briefe zu lesen ist ein verlorenes Wissen, genau wie eine Armbanduhr aufzuziehen, in einem Lexikon nachzuschlagen, die Wählscheibe des Telefons zu drehen, vorzugsweise mit einem Bleistift, wenn man ein Mädchen ist und sich nicht die Nägel ruinieren möchte. Ich versuche, die Unterschrift des Mannes zu deuten, der den Liebesbrief geschrieben hat, aber es gelingt mir nicht.

Ich lese Mutter den Brief am Telefon vor. Ich frage sie, ob sie noch weiß, wer ihn geschrieben hat. Er ist entweder von F oder von H, sagt sie, wahrscheinlich von F.

Ein altes Foto von Mutter ist an die Kiefernholzwand geheftet, hinter Bücherstapeln verborgen. Das Bild ist Ende der sechziger Jahre entstanden und erinnert an das Foto, das A fünfzehn Jahre später von mir machte: eine junge, begehrenswerte Frau (älter als dreizehn, jünger als fünfundzwanzig) mit großen, blauen Augen und nackten Schultern.

Der Stapel mit Zetteln liegt in einem Umschlag. Es sind kleine Briefe von mir an Mutter. Einer der Zettel ist auf den Februar 1983 datiert, also nach meiner Heimkehr aus Paris. Alle Zettel stammen aus dieser Zeit und sind in New York geschrieben worden. Meine Handschrift sieht fast so aus wie heute. Wirre, schiefe Druckbuchstaben. Mutter muss alle meine Zettel in den Umschlag gesteckt haben, ihn nach Norwegen mitgenommen und dann in die Kiefernholzschublade hier im Sommerhaus gelegt haben, zusammen mit den anderen vergessenen Dingen.

Liebe Mama

Wenn du wegen etwas traurig bist – ist es besser, dass du darüber redest, als dass du wütend auf mich wirst. Ich möchte, dass du mir vertraust. Vielleicht ist das schwierig. Aber ich verspreche, immer ehrlich zu sein, egal wonach du mich fragst. Ich weiß, dass ich gemein zu dir war – und dass du mir das vielleicht noch nicht ganz verzeihen kannst. Aber ich verspreche dir, dass ich nie wieder so zu dir sein werde. Mein größter Wunsch ist, dass wir Freunde (Freundinnen) sind. Ich habe dich sehr lieb.

Ich sehe sie vor mir, jetzt, zweiundachtzig Jahre alt, das Telefon dicht am Ohr. Ich erzähle ihr nicht von dem Zettel. *Ich weiß, dass ich gemein zu dir war – und dass du mir das vielleicht noch nicht ganz verzeihen kannst.* Ich kann mich nicht erinnern, was ich getan hatte. Ging es um Paris? Dass ich nicht machte, was ich ihr versprochen hatte, dass ich nicht um zehn Uhr abends französischer Zeit im Hotel war?

Mutter und ich legen auf. Wenngleich es nicht das ist, was wir tun. Wir *legen* nicht auf, auch wenn wir es sagen.

Ich lege jetzt auf. Willst du zuerst auflegen?

Ihre Tage, sagt sie, sind gleichzeitig kurz und lang. Sie geht von Zimmer zu Zimmer, sie kocht, wäscht, deckt den Tisch, im Hintergrund läuft der Fernseher, die Nachrichten in Dauerschleife, sie redet mit den Katzen, sie wäscht sich die Haare, die Erschöpfung ähnelt Trauer; wenn ich frage, wie es ihr geht, sagt sie auf ihre typische Art *darauf möchte ich jetzt nicht eingehen*, ohne näher zu präzisieren, was mit *darauf* gemeint ist, sie redet mit ihrem Partner, der nicht antwortet, wenn sie ihn etwas fragt, sie sagt, dass er in letzter Zeit Dinge vergisst, sie schreibt Einkaufslisten, ruft an, legt wieder auf, zieht den Hocker näher ans Küchenfenster und schaut auf den roten Ahornbaum im glänzenden Nachmittagslicht hinaus.

~

Im Flugzeug sitze ich fast ganz hinten bei den Toiletten, neben einem Mann namens Claus – Claus mit C sagt er, nicht mit K wie der Kriegsverbrecher. *Der Schlächter von Lyon*. Heute in Bolivien festgenommen, hast du das mitbekommen?

Ich nicke. Ich habe es am Morgen in den Fernsehnachrichten gesehen.

Du musst Zeitungen lesen, sagt er, nicht die Fernsehnachrichten schauen. Eine neue Pest breitet sich aus, fährt er fort, hast du das mitbekommen?

Ich verstehe seinen Nachnamen nicht. Claus Soundso ist Literaturprofessor und fühlt sich krank. Nicht wirklich krank. Nur nicht richtig in Form. Am einen Tag bin ich erkältet, sagt er, und am nächsten habe ich Gliederschmerzen, ich habe Fieber, aber kein hohes, der Kopf ist konstant heiß. Willst du mal fühlen, fragt er und zeigt auf seine Stirn. Fiebrig, nicht wahr? Ich schüttele den Kopf. Wir stehen immer noch am Boden und warten darauf, zu starten. Als das Flugzeug endlich Fahrt aufnimmt und abhebt, atmet er durch und zündet sich eine Zigarette an. Er lächelt. Jetzt können wir nichts mehr tun, sagt er und holt sein Buch heraus. Es bringt nichts, die Muskeln anzuspannen und auf alle Geräusche achtzugeben, wenn wir abstürzen, stürzen wir ab. Das Buch, das er liest, ist Herman Brochs *Die Schlafwandler: Dritter Roman – 1918.*

Mein Vater wurde 1918 geboren, sage ich und zeige auf den Buchtitel.

Genau, genau, sagt er.

Er hat auch Angst, sich zu erkälten, ergänze ich, und vor Fieber.

Aha, sagt er und nickt freundlich.

Ich suche mein Buch heraus. Es ist Essenszeit. Erst Erdnüsse und Drinks. Claus und ich klappen unsere Ablagen herunter. Er bestellt eine kleine Flasche Whisky und bekommt ein Glas mit Eiswürfeln. Ich studiere die Stewardess, während sie Claus bedient – groß, schlank, älter, streng –, ich versuche nicht, Alkohol zu bestellen, und bitte um ein Glas Tonic. Ich werde häufig gebeten, mich auszuweisen, sehe jünger aus als achtzehn, wie ich aussehen *will*, jünger als sechzehn, was ich *bin*. Nach einer Weile kehrt die Stewardess zurück, diesmal mit dem Hauptgericht. Sie hebt zwei weiße Plastiktabletts aus ihrem Wagen und reicht eins mir und eins Claus. Wir essen (salziges Fleisch, braune Sauce, eine Scheibe Brot, ein Stück Käse und ein in Plastik verpacktes Plätzchen) schweigend. Nach dem Essen, aber bevor die Lichter gelöscht werden und der Film beginnt, fragt er, ob ich an den Füßen friere. Ihm ist aufgefallen, dass ich mit verschränkten Beinen sitze, die Füße unter mich gezogen, als würde ich meditieren, aber er geht davon aus, dass ich das nicht tue und deshalb so sitze, weil ich friere.

Habe ich recht?

Ein bisschen vielleicht, sage ich.

Er beugt sich vor und öffnet die Aktentasche, die unter dem Vordersitz liegt. Er holt ein Paar Wollsocken heraus, große, graue, selbst gestrickte, und erzählt, dass er auf langen Flugreisen immer mindestens zwei Paar warme Socken dabeihat, auch auf kürzeren Strecken, es ist absolut notwendig, dass man alles, was man benötigt, im Handgepäck hat, die sind für dich, sagt er, geliehen, er gibt mir die Socken, zieh sie an, sagt er, du wirst sehen, dann frierst du nicht mehr.

Und dann fragt er, was ich in Paris will.

Ich habe da einen Job, sage ich und ziehe die Socken an, denke an Mutter, die früher an diesem Tag im Schneematsch auf dem Bürgersteig stand und sich verabschiedete, in klatschnassen Wollsocken.

Gehst du nicht in die Schule, fragt er.

Doch, sage ich, aber ich habe einen Auftrag in Paris.

Ich will nicht sagen, dass ich ein Model bin, ich sehe nicht aus wie ein Model.

Was machen Sie, beeile ich mich, ihn zu fragen.

Ich unterrichte Englische Literatur, sagt er, das heißt, ich habe keine Stunden oder Studenten mehr, was ich habe, sind *Sprechstunden* … Du bist wahrscheinlich noch gar nicht am College?

Ich gehe in die High School, sage ich.

Wie alt bist du – fünfzehn, sechzehn?

Sechzehn. Was machen Sie, außer Sprechstunden zu haben?

Ich schreibe ein Buch.

Und worüber?

Eine Parabel über das Ende der Welt.

Okay.

Matthäus fünfundzwanzig, eins bis dreizehn.

Ich schüttele den Kopf.

Die Geschichte von den zehn Jungfrauen.

Ich schüttele erneut den Kopf und sage, dass ich möglicherweise von ihnen gehört habe, als ich konfirmiert wurde, ich weiß nicht … Was ist mit ihnen?

Fünf sind klug und fünf sind töricht, sagt Claus. Das ist mit ihnen. Fünf kommen zurecht und fünf kommen nicht zurecht. Die Klugen machen alles richtig, die Törichten sind … *unvorbereitet*. Wusstest du übrigens, apropos fünf, dass der Regenwurm fünf Herzen hat?

Nein, sage ich.

Ich habe nur eins (sagt er und fasst sich an die Brust), und ich glaube, das habe ich völlig verschlissen. Es heißt, dass einen der dritte Infarkt umbringt, aber ich kann dir sagen, dass ich mehr hatte.

Aha.

Fünfzehn Jahre, sagt er, und dann murmelt er: *Und in den Herzen vieler Mädchen höre ich des Wurmes Weise.*

Sechzehn, sage ich.

Was?

Sechzehn. Sie haben fünfzehn gesagt. Ich bin sechzehn.

Natürlich.

Ich trinke die letzten Schlucke Tonic.

Haben Sie deshalb immer zwei Paar Wollsocken dabei – weil sie vorbereitet sein wollen?

Ja, genau, sagt Claus, genau.

Und während er das Wort *genau* wiederholt, als bezweifelte er, dass es das richtige Wort ist, kommt die Stewardess und zieht die Leinwand herunter. Die Lichter in der Kabine erlöschen. Ich schaue auf meine Armbanduhr. Sie ist noch nach der alten Zeit gestellt. In fünf Stunden landen wir in Paris.

Wann immer ich begonnen habe, an einem neuen Buch zu arbeiten, habe ich jedes Mal gedacht, dass es von der Fotografie handeln soll, die A im Januar 1983 von mir machte, ich habe über die Zeit schreiben wollen, bevor sie gemacht wurde, die Tage in Paris, und die Zeit danach, aber dann schrieb ich mich stattdessen in andere Geschichten hinein. Mir wird schlecht davon, an die Geschichte des Bildes zu denken, es ist eine Scheißgeschichte, die ich eintausend und einmal aus eintausend und eins Gründen verworfen habe.

~

Als ich in Paris landete, war es Claude, der mich am Flughafen abholte und zu dem Hotel fuhr, in dem ich wohnen sollte. Claude mit den teuren Uhren in der Innentasche. Claude mit dem feuchten Blick. Claude, der schnell fährt und während der gesamten Autofahrt kaum ein Wort sagt.

~

Wenn Mutter aus dem großen Haus in Massachusetts anruft und mich nicht erreicht, hinterlässt sie Nachrichten (häufig mehrere hintereinander) auf meiner Mailbox. Manchmal ist die Verbindung so schlecht, dass nur Bruchstücke zu verstehen sind – als wären diese Mailboxnachrichten ein tausend Jahre altes Gedicht, von dem nur einzelne Wörter überlebt haben, so dass man den Rest erraten muss. Eines Nachts träumte ich, dass sie in einer kleinen Hütte wohnte, umgeben von grünen Palmen und Schlingpflanzen. Um dorthin zu gelangen, musste man eine verlassene Straße mit Sumpf zu beiden Seiten und ohne einen Menschen weit und breit nehmen. Sumpf und Krokodile. Oft (stelle ich mir vor) ruft sie mich ausgerechnet dann an, wenn sie sich auf dieser Straße befindet.

Ich höre ihre Nachrichten, während ich an dem hellgrünen Feld vorbeigehe.

] das Herz
] sagte zum Arzt, dass
] die Blasen und das Licht
]
]

] eine richtige Antwort nach vielen Tagen des Wartens und der Sorge

~

Der Hund und ich klettern den Hang hinunter. Es ist ein langer, steiler Pfad zum Meer hinab. Ich weiß nicht, ob Pfad das richtige Wort ist. Oder Weg. Nach allem, was mit Arten der Fortbewegung zu tun hat – Wege, Pfade, Richtungen –, muss ich fragen. Ich kann ohne Vorwarnung die Fähigkeit verlieren, mich zu orientieren, in einer Landschaft, einer Stadt oder einem Gebäude. Es ist ein Mangel an Ortssinn, der sich als massive Sinnesstörung manifestiert. Als verlöre man den Halt. Ich habe einfach nicht die Schulung durchlaufen, an die Walter Benjamin denkt, wenn er über die Kunst schreibt, sich zu verlaufen: *Da müssen Straßennamen zu dem Irrenden so sprechen wie das Knacken trockner Reiser und kleine Straßen im Stadtinnern ihm die Tageszeiten so deutlich wie eine Bergmulde widerspiegeln.* Ich spreche von einem anderen Mangel an Ortssinn, der ohne Vitalität ist, einem Mangel an Ortssinn, bei dem nichts zu einem spricht, keine Straßennamen, keine trockenen Reiser, keine Tageszeit. Zum ersten Mal passierte mir das damals in Paris. Alles war winterlich weiß mit Anflügen von Blau darin. Daran erinnere ich mich. Es war mitten in der Nacht, ich hatte kein Zeitgefühl, Mutter war noch wach, aber weit, weit weg, in einer anderen Zeitzone, sie hatte stundenlang angerufen und angerufen und angerufen, und niemanden erreicht, da war ich mir vollkommen sicher, sie hatte mit der Frau an der Rezeption gesprochen, in holprigem Französisch gefragt, ob sie gesehen hätte, dass das Mädchen zurückgekommen war, nachdem es am Morgen eingecheckt hatte. Ich hatte die Adresse des Hotels nicht. Oder dessen Namen. Ich hatte vergessen, mir all das aufzuschreiben. Wie dumm kann man eigentlich sein? *Allein zurechtkommen? Erwachsen genug?* Ich wusste, was sich in unmittelbarer Nähe des Hotels befand, woran ich vorbeigehen musste – ein Kiosk, ein Schaufenster, ein Baum, eine blinkende Ampel –, aber ich wusste nicht, in welcher Richtung sich diese Dinge offenbaren mochten, damit ich sicher sein konnte, auf dem richtigen Weg zu sein.

Als ich mit meinem Mann telefoniere, versprechen wir einander, im Sommer, wenn Eva, er und ich gemeinsam zu dem Haus fahren, jeden Morgen im Meer zu schwimmen.

Der Weg zur Badestelle hinab: Zunächst der steile Abstieg. Dann eine provisorische Brücke, aus fünf Brettern gezimmert, keine Ahnung, wer sie gebaut hat, sie war schon immer da, um die Felsspalte zu schließen, die zu groß ist, um über sie zu springen. Danach ein noch steilerer Hügel, rechterhand fällt er senkrecht ab, und an dem steilen Hang ist ein Geländer aus Seil angebracht, über das ich mich als Kind lustig machte, für das ich nun jedoch dankbar bin. Das Meer unter mir ist schwindelerregend.

Was eine andere Art ist zu sagen, dass ich mich hier, auf dem Pfad, oder dem Weg, der weder Pfad noch Weg ist, an das Tau klammere und auf den Boden starre. Ich wage es nicht, den Blick zu heben und zu schauen, auf das Meer und die Boote und die Sonne oder den diesigen Horizont. Der Schwindel ist nicht *die Furcht* davor, zu fallen, habe ich irgendwo gelesen, sondern auch die Sehnsucht danach.

Der Hund und ich gelangen auf eine kleine, ebene Fläche hinaus, zu einem Augenblick der Ruhe, ein Wäldchen von nur wenigen Metern, in dem das Heidekraut, das Moos, die Heidelbeersoden in lila und grün explodieren und die gekrümmten Kiefern so tun, als wären sie ein Teil von etwas mehr als einem unbedeutenden Fleckchen Erde, das sich an den Felsen klammert, das Wäldchen tut so, als wäre es ein großer Wald. Aus ihm hinausgekommen wird es wieder steil, nackt, der Hund will sich in einen Gletschertopf mit schwarzem Schlamm legen, aber ich rufe *nein*, dort liegen die Gespenster aller Hunde, die ich vor ihm hatte. Wir steigen die alte Eisentreppe, im Stein verankert, zur Badestelle hinunter.

Ich schwimme. Der Hund nicht. Aber er liegt auf dem Uferfelsen. Er passt auf.

Als wir wieder hochgehen, geschieht alles von Neuem, der Hügel, das Wäldchen, die Brücke, aber in umgekehrter Reihenfolge, und daraufhin kommt mir der Pfad, oder

Weg, weder steil noch schwindelerregend vor. Ich habe ein großes, blaues Handtuch um meine nassen Haare gewickelt und die Sandalen ausgezogen. Der Fels an den Fußsohlen ist warm.

~

Es gibt eine einzige Tonaufnahme von Virginia Woolf, eine BBC-Aufnahme von 1937. Ihre Stimme ist viel heller und spitzer, als ich sie mir vorgestellt hatte. *Beim Schreiben*, sagt sie, *geht es nur darum, die richtigen Wörter zu finden und in die richtige Reihenfolge zu bringen.*

~

Warum bist du hergekommen, fragt A.
Wie meinst du das?
Statt zu deinem Hotel zu gehen?

~

Ich klingele, obwohl es mitten in der Nacht ist, öffne die Haustür und steige in dem dunklen Treppenhaus alle Treppen hinauf, erste Etage, zweite, dritte. Ich war mit zwei älteren Mädchen in einer Diskothek, und danach war ich auf dem Weg zu meinem Hotel, wusste aber nicht mehr, in welchem Hotel ich wohnte oder wo es lag, oder die Adresse, und ich konnte ja niemanden fragen, ich fragte jemanden, aber das half mir nicht, denn wonach sollte ich fragen?

Das Einzige, woran ich mich erinnerte, war seine Adresse. Weil ich sie auf einen Zettel geschrieben hatte.

Ein Mann mit einem roten Schal begleitete mich den ganzen Weg.

~

Ich bin in einem Ein-Sterne-Hotel untergebracht, dorthin bin ich unterwegs, ich glaube, es könnte möglicherweise im 5. Arrondissement liegen, *wo da*, das weiß ich nicht. Das ältere Liebespaar mit dem riesigen weißen Hund schüttelt den Kopf und geht weiter. Ich weiß nicht mehr, wie das Hotel heißt, wo es liegt. All das kann ich auf Englisch sagen, jedoch nicht auf Französisch, aber auch wenn einer von den Menschen, denen ich in dieser Nacht auf der Straße begegne, Englisch spricht, kann er oder sie nicht besonders viel tun, um mir zu helfen. Wo liegt dein Hotel? *Das weiß ich nicht.* Wie heißt es? *Das weiß ich nicht.* Erinnerst du dich an die Adresse? *Nein.* Das Einzige, woran ich mich erinnere, ist seine Adresse. *Dann hast du eine Adresse?*

Ja, oder nein, ich weiß es nicht.

4 *rue des Anglais* – kann das As Adresse in Paris sein? Ich habe bis jetzt nicht an die Adresse gedacht, daran, wie

wichtig sie ist. Ich habe an *ihn* gedacht. Und an das Foto, das er von mir machte. Und an die Tage, die wir zusammen waren. Aber während ich dies schreibe, bin ich unsicher, ob ich die Adresse zu einem Teil der Geschichte machen soll, denn was ist, wenn ich mich ausnahmsweise richtig erinnere – dass er tatsächlich in der 4 rue des Anglais wohnte, würde ich mich dann nicht As wahrer Identität nähern?

Jemand, den er damals kannte, würde vielleicht sagen: Hast du da nicht gewohnt?

Es ist gut möglich, dass A sich nicht an mich erinnert, aber er erinnert sich mit Sicherheit daran, wo er damals in Paris wohnte, auch wenn es fast vierzig Jahre zurückliegt.

Und wenn er *nicht* in der 4 rue des Anglais wohnte, ist es auch falsch. Dann bin ich eine (wie man so sagt) *unglaubwürdige Zeugin*. Eine, auf die kein Verlass ist.

Ich klicke Google Earth an und gehe zur rue des Anglais. Ich führe den Cursor auf und ab und vor und zurück. Hausnummer vier hat eine rote Tür. Ich kann mich nicht erinnern, dass die Haustür rot war. Vielleicht war es auch nicht Nummer vier. Vielleicht habe ich die ganze Adresse geträumt. So wie ich einst träumte, ich hätte eine Englischlehrerin namens Mrs French (als ich zwölf war und eine Zahnspange trug und in einem großen gelben Haus mit Garten zwei Stunden von New York wohnte).

Ich führe den Pfeil ein letztes Mal die Straße auf und ab, als erwartete ich, sie dort zu sehen, ein sechzehnjähriges

Mädchen in einem geliehenen Kleid, einem neuen Mantel, einer roten Mütze und hochhackigen Stiefeln.

~

Mein Hotelzimmer mitten in Paris – ein großes, jungfräulich gemachtes Himmelbett mitten im Zimmer – lag drei Treppen hoch in einem verfallenen Gebäude *irgendwo* in Paris. Und wo? Ich weiß es nicht. Sei präzise. Ich kann nicht. Sei konkret. Ich weiß nicht, wie. Präzision ist eine Mindestanforderung. Nicht nur an Schriftstellerinnen und Künstler, sondern auch an Mädchen, die behaupten, dass sie alt genug sind, um allein über den Atlantik zu reisen und Bilder von sich machen zu lassen. Eine grauhaarige Frau nahm mich in Empfang, als ich eincheckte, ich glaube, es war die Geschäftsführerin oder Besitzerin, sie schaute über meine Schulter, um zu sehen, ob mich jemand begleitete, *sah sie Claude draußen auf dem Bürgersteig*, sie gab mir den Schlüssel an der Rezeption, einen großen, vergoldeten Schlüssel, befestigt an einem noch größeren Medaillon, in das der Name des Hotels eingraviert war. Sie erklärte mir auf Französisch, dass ich den Schlüssel jedes Mal, wenn ich das Hotel verließ, an der Rezeption abgeben müsse und dass es Frühstück zwischen 07:00 und 08:30 Uhr gebe, ich verstand, was sie sagte, weil sie zeigte und grimassierte und jeden Satz beendete, als stellte sie mir eine Frage. (Ich wollte nur, dass sie fertig wurde mit reden, informieren und fragen, mich die Treppen zu meinem Zimmer hochsteigen ließ, Claude wartete auf mich, wartete draußen auf dem Bürgersteig, vielleicht erkannte sie ihn, vielleicht wollte sie mich aufhalten.) Die Fragen, die sie stellte, waren: Verstehst du, was ich sage, meine Kleine? Es ist wichtig, dass du das verstehst. Tust du das? Du darfst den Schlüssel nicht mitnehmen, wenn du ausgehst, sondern sollst ihn an der Rezeption abgeben, weißt du, warum? Er könnte verloren gehen, du begreifst, was für Probleme das mit sich bringen würde, nicht wahr? Das Frühstück ist einfach, aber gut, du kommst und isst, nicht wahr, so dünn, wie du bist?

Sie tätschelte meine Wange und schüttelte den Kopf, als sie sah, wie groß und schwer mein Koffer war. Überall waren Katzen. Sie lagen schlafend in der Rezeption und auf den teppichbelegten Treppenstufen zur dritten Etage hinauf. Ich bückte mich und streichelte eine, die vor meiner Tür lag. Sie streckte sich und schnurrte, graublau mit weißen Pfoten.

~

Ein Mann zieht an meinem Kleid, das nicht einmal meins ist, ich habe es mir von einem der älteren Mädchen geliehen, er versucht, es mir auszuziehen, er will mich nackt sehen, sagt er, wir sind auf der Tanzfläche, mitten auf der Tanzfläche. Ein anderer Mann greift mir zwischen die Beine und flüstert (nuschelt, keucht), dass ich feucht bin. Ich schüttele den Kopf. Er sagt es noch einmal, diesmal jedoch lauter, wir sitzen an einem Tisch, und er sagt es zu allen am Tisch. Sie ist feucht. Sein Kumpel grinst. Feucht und bereit. *Er irrt sich.* Ich sehe alle am Tisch an. *Ich bin nicht …* Eines der älteren Mädchen lehnt sich über den Tisch und flüsterte auf Englisch, aber so laut, dass jeder es hören kann, *dummes, kleines Mädchen, wenn du es nicht aushältst, angefasst zu werden, hast du hier nichts zu suchen.* Ich spüre ein Ziehen im Unterleib, *ich halte es aus, angefasst zu werden*, ich darf nicht weinen, nicht vor den anderen, ich nutze keine Tränen, um Dinge zu erreichen, ich spiele kein Theater. Drinnen sind blinkende Lichter, Musik, Rufe, Lachen. Schweiß, Hitze. Draußen – *ich nehme meinen Mantel, meine Mütze, sehe zu, dass ich hinauskomme* – ist es Nacht. Es schneit. Ich weiß nicht, wo ich bin. Ich bin mit den älteren Mädchen gekommen. Ich dachte, ich würde auch mit ihnen aufbrechen. Ich gehe einen Bürgersteig hinab. Und wieder hinauf. Ich habe mich verlaufen. Das heißt: Sich zu verlaufen bedeutet normalerweise, dass man eine Vorstellung davon hat, wohin man muss, und dann geht man falsch. Ich weiß nicht, wo ich bin oder wohin ich muss. Die Mädchen sind noch in der Diskothek. In New York ist es früher Abend. Hätte ich Geld gehabt, hätte ich zu Hause anrufen und mit Mutter reden können. Wenn ich Geld gehabt hätte, ja, und eine Telefonzelle in der Nähe. Mutter wäre wütend geworden. Unsere Abmachung lautete: Wenn du, gegen meinen Willen, allein nach Paris fährst, musste du jeden Abend um zehn Uhr in deinem Hotelzimmer sein. *Ich rufe an und sage gute Nacht.* Ich werfe einen Blick auf meine Armbanduhr. Es ist zwei Uhr. Ich sehe das Hotelzimmer vor mir, ich sehe es so intensiv vor mir, wie ich nur kann, als könnte ich mich, indem ich es vor mir sehe, selbst dorthin transportieren. Mein Koffer liegt auf dem Bett, ein großes Himmelbett aus dunklem Holz, überall liegen Kleider – auf dem Bett, auf dem Fußboden. Ich zog mich nicht um. Duschte auch nicht. Das Bad lag im Flur und war besetzt, als ich ankam. Ich riss alle Kleider heraus, fand nichts zum Anziehen, was zieht man in Paris an, wenn man nicht weiß, wohin es geht? Ich band den Gürtel um den Mantel, zog die Mütze über die Ohren.

Wie lange bin ich jetzt schon in Paris? Siebzehn Stunden. Siebzehn Stunden sind vergangen, seit ich am Flughafen gelandet bin.

Wieder sehe ich das Hotelzimmer vor mir. Und dann sehe ich mein Zimmer daheim in der W 81st Street vor mir. Ich sehne mich heim. Ich gehe die Straße hinunter. Zwei Jungen fahren auf einem Moped an mir vorbei. Sie rufen etwas. Ich zucke zusammen. Ich zucke sonst nie zusammen.

~

Wie lange war ich in dem Hotelzimmer, wie viel Zeit brauchte ich, um alle Kleider aus dem Koffer zu reißen? Nicht mehr als zwanzig Minuten. Claude holte mich am Flughafen ab und fuhr mich zum Hotel. Du musst dich beim Einchecken beeilen, sagte er, schnell, schnell, schnell, sagte er. *Vite, vite, vite*, er schwitzte im Gesicht und unter den Armen, obwohl es Januar war und er nur im Hemd im Winterwind stand, sich an das Auto lehnte und mich und meinen Koffer in Richtung Hoteleingang wedelte. Schnell, schnell, sagte er, dann fahren wir zum Fotoatelier.

~

Michael L. Slepian zufolge gibt es achtunddreißig verschiedene Arten von Geheimnissen. Slepian hat sein Leben der Aufgabe gewidmet, das Bewahren von Geheimnissen zu erforschen und welche Folgen es für uns hat. Das Forschungsprojekt entwickelte sich schrittweise. Ursprünglich erforschte er Metaphern und interessierte sich für die Metaphern rund um das Bewahren von Geheimnissen: Ein Geheimnis *lastet auf mir*. Ich *trage schwer* an einem Geheimnis. Ich *bewahre* ein Geheimnis. Bei einem Geheimnis, erklärt er, geht es nicht allein darum, in konkreten Situationen Informationen für sich zu behalten. Etwas für sich zu behalten, ist nur ein Teil davon. Das Geheimnis existiert und *wirkt* in uns, selbst wenn wir uns nicht in einer Situation befinden, in der wir uns aktiv mit ihm auseinandersetzen müssen, zum Beispiel, indem wir schweigen, lügen, überspielen oder ablenken. *Das Bewahren von Geheimnissen*, schreibt Slepian, *beginnt als eine Intention.* Als ein Entschluss. Und diese Intention wird an einem völlig anderen Ort und zu einem völlig anderen Zeitpunkt etabliert als in den Augenblicken und Situationen, mit denen wir konfrontiert werden und in denen wir aktiv für uns behalten müssen, was wir wissen. Sobald die Intention entsteht, ein Geheimnis zu bewahren, beginnt es in uns zu wirken. Als Unruhe, als Einsamkeit, als Melancholie.

Das hier ist unser Geheimnis.
Ja.
Es geht keinen etwas an, was wir tun, wenn nur wir zwei im Zimmer sind.
Das verstehe ich.
Du darfst es niemandem erzählen.
Ich werde es niemandem erzählen.

Wenn Slepian recht hat, dass ein Geheimnis als Intention entsteht, frage ich mich, wann As und mein Geheimnis entstand (im Aufzug in New York, im Fotoatelier, in der Wohnung) und wie es in uns wirkte. Hat es beispielsweise in ihm gewirkt, obwohl ich für ihn nicht mehr existiere? Nicht als ein Name, nicht als ein Bild, nicht als ein Körper, nicht als ein Gesicht, nicht als ein Blick, nicht als ein Geschmack, nicht als ein Duft, nicht als Wörter, nicht als Tränen, *ich will nach Hause, ich will nach Hause, ich will nicht mehr hier sein*. Wenn A sich nicht mehr an mich erinnert – das sechzehnjährige Mädchen, das in der Nacht zu ihm kam –, ist dann all das, was zwischen uns geschah (und das ich nicht zu erzählen versprach), immer noch unser Geheimnis? Oder ist es nur meins?

~

Ohne Zeitgefühl an jenem ersten Vormittag mit der roten Mütze und dem blauen Mantel in dem großen, fensterlosen Fotoatelier, wie ein heller Bunker. A fotografiert ein Mädchen in einem langen blauen Seidenkleid. Ärmellos. Sie macht etwas mit ihren langen, dünnen Armen, wie eine klassische Balletttänzerin, eine graziöse und abwehrende Bewegung, *komm mir nicht zu nahe.* Sie ist jünger als ich. A spricht Französisch mit ihr. Später erfahre ich, dass sie nicht aus Paris stammt, sondern aus Montreal, dass sie für mehrere wichtige Aufträge nach Paris eingeflogen wurde. Bin ich auch nach Paris *eingeflogen worden*? Sie ist dreizehn und wohnt mit ein paar älteren Mädchen zusammen, die auf sie aufpassen. Ich wohne in einem Hotel. Ich erinnere mich nicht, wie es heißt. Claude fuhr in rasendem Tempo vom Flughafen zum Hotel und anschließend genauso vom Hotel zum Fotoatelier. An diesem Tag sind viele bei der Arbeit. Maskenbildner, Friseure, Redakteure, Assistenten. As Fotoatelier hier ähnelt dem in New York, von dem ich weiß, wo es ist und das fußläufig von Mutters und meiner Wohnung liegt. Claude begrüßt alle, aber als Erstes geht er direkt zu A und umarmt ihn. A umarmt ihn ebenfalls. Dann klopfen sie sich gegenseitig auf den Rücken und sagen etwas auf Französisch zueinander. Einmal umarmte mich Claude – es passierte, als wir noch in New York waren. Er klopfte mir nicht kameradschaftlich auf den Rücken, sondern strich mir über die Brüste (oder die Seiten der Brüste), Taille und Po. Claude sieht das Mädchen in dem blauen Kleid an und lächelt ihr zu.

Keiner spricht mit mir. Ich stehe noch in der Türöffnung, wippe auf der hohen Türschwelle, halb verdeckt hinter einer großen, schweren Tür. Ich betrachte alle, die ganz genau wissen, wie sie sich in dem Fotoatelier bewegen müssen, und frage mich, was ich tun soll.

Claude geht weiter zu dem langen Tisch, auf dem das Frühstück bereitsteht, und greift bei Croissants, Kaffee, Obst, Marmelade zu. Er zündet sich eine Zigarette an.

Ich zögere kurz, überquere den abgewetzten Holzboden, stoße mit einem Mann mit einem Kamm in der Hand zusammen, er sieht mich resigniert an, *sieh dich vor*, ich senke den Blick, gehe weiter dorthin, wo A mit seiner Kamera steht. Er hat nicht viel Ausrüstung. Einfache Beleuchtung. Will nicht, dass die Mädchen zu stark geschminkt werden. Das ist sein Geheimnis. *Natürlichkeit*. Wenn er nicht bei der Arbeit ist, wie jetzt, hat er seine Leica-Kamera dabei. Knipst drauflos.

Ich bleibe neben ihm stehen.

Er dreht sich nicht um.

Hier bin ich, sage ich und rücke meine rote Mütze gerade.

Meine Stimme klingt seltsam, als hätte ich sie lange nicht benutzt.

A sieht von der Kamera auf. Er lacht.

Das sehe ich, sagt er.

Ich bin vor einer Stunde gelandet. Claude hat mich am Flughafen abgeholt.

Wie gut.

Ich schaue mich im Atelier um.

Willst du heute Bilder von mir machen?

Nein, ich glaube nicht … Nicht heute, aber morgen vielleicht. Mal sehen.

Okay.

Such dir einen Platz und setz dich.

Okay.

Das Mädchen in dem blauen Kleid kaut Kaugummi, und im Laufe der wenigen Minuten, in denen A und ich uns unterhalten, hat sie eine Miene aufgesetzt, die aussehen soll, als langweilte sie sich zu Tode. Mich täuscht das Mädchen nicht. Das Geheimnis besteht darin, die Augen leer werden zu lassen. Man tut es, indem man sich aufspaltet. Indem man man selbst und gleichzeitig eine andere wird. Man schenkt den Blick jemandem, den keiner sehen kann – einem Geist, einer unsichtbaren Schwester –, die Furcht, die Unbeholfenheit, die Begierde, die Wut (über die unsere Mütter gesagt haben, dass wir uns vor ihr hüten sollen), die Hoffnung, die Tränen, die Kindlichkeit und den Schrei. All das schenkt man der anderen, überträgt es auf sie, leert sich komplett. Als A von Neuem die Kamera hebt, beeilt sich das Mädchen in dem blauen

Kleid, den Kaugummi in ihre Hand zu spucken. Sie rollt ihn zwischen Daumen und Zeigefinger zu einer kleinen Kugel und klebt die Kugel an einen Zauberwürfel, mit dem sie gespielt hat, während A mit mir redete. Sie legt den Würfel mit dem Kaugummi auf einen hohen Tisch vor dem Hocker. Mir fällt auf, dass sie fast den ganzen Würfel gelöst hat. Sie wendet sich A zu und schenkt ihm ihre ganze Aufmerksamkeit.

Schön, sagt A.

Ich gehe zu der langen Tafel mit Essen, denn erst jetzt merke ich, wie hungrig ich bin. Und wie warm mir ist. Die Mütze juckt. Ich nehme mir etwas von allem, was dort steht. Fülle den Teller. Mein Magen rumort. Ich schaue mich in dem großen, geschäftigen Raum um. Wo soll ich hin? Wohin soll ich mich setzen? Als ich klein war und du und ich uns versprachen, einander niemals zu verlassen, fühlte ich mich weniger allein, wenn du in der Nähe warst, obwohl ich wusste, dass du nicht wirklich warst. Jetzt ist es anders. Ich bin mit dir an meiner Seite nicht weniger allein, eher mehr. Vielleicht auch, weil du das, nicht wirklich zu sein, mit einem steten Strom von Anweisungen und Beschimpfungen kombinierst. *Zieh den Mantel aus, behalt ihn an, zieh den Mantel aus, behalt ihn an.* Aber was soll ich denn tun? An einer Wand am hinteren Ende des Ateliers steht eine Ledercouch, dorthin setze ich mich, nachdem ich einige Kleider zur Seite geschoben habe. Eine Frau läuft auf mich zu und ruft etwas auf Französisch. Sie fuchtelt mit den Armen. Ich verstehe nicht, was sie sagt, und frage mich, ob sie möchte, dass ich ihr eines der Kleidungsstücke reiche. Ich stelle vorsichtig den Teller auf der Couch ab, lecke Erdbeermarmelade von meinen Fingern. *Nein*, *nein*, *nein*, ruft sie.

A dreht sich um und sieht mich an. Er verdreht die Augen.

Sie will, dass du dich woanders hinsetzt, ruft er, wegen der Kleider, du darfst nicht auf den Kleidern sitzen, und du darfst nicht alles beschmieren.

Ich habe nicht auf ihnen … Ich habe nichts beschmiert …

A hat sich schon wieder umgedreht.

Ich stehe mit meinem Teller auf und entschuldige mich bei der Frau, *je suis désolée, je suis désolée.* Entschuldigung zu sagen, gehört zu den wenigen Dingen, die mir aus dem Französischunterricht in der Schule in Erinnerung geblieben sind. Die Frau verdreht die Augen. Erst A, dann die Frau. Haben sie in Frankreich nicht gelernt, dass man die Augen nicht mehr verdreht, wenn man vierzehn geworden ist? Ich frage mich, ob ich alles aufessen soll, was ich mir genommen habe, Croissant, Brot, Melone, Schokolade, Marmelade, eine braune Banane, und wenn ja, wo ich mich hinstellen oder hinsetzen soll, ohne im Weg zu sein, wo ich essen soll, *vite, vite, vite*, damit ich diesen Teller loswerden kann, der aus dünner, weißer Pappe ist und sich in alle Richtungen biegt.

Ich könnte auch einen Mülleimer suchen und das ganze Essen wegwerfen und Mantel und Mütze ausziehen und diesen Raum ein für alle Mal erobern, aber ich bin zu hungrig, ich kann das nicht tun, ich muss essen, ich muss eine Ecke finden und essen.

~

Es ist fünf Uhr nachmittags.

Ich bin wieder hungrig

und

schläfrig

und

mir ist schwindlig.

Ich sitze in Claudes Auto, diesmal auf der Rückbank. A sitzt neben Claude auf dem Beifahrersitz.

Sie sprechen Französisch.

Claude hält vor einem Gebäude. Nummer 4 steht über der Haustür.

A verabschiedet sich von Claude und steigt aus dem Wagen.

Claude dreht sich zu mir um und macht eine knappe Kopfbewegung in Richtung Autotür, als wollte er sagen, *raus mit dir.*

Aber sollte ich nicht in mein Hotel?

Es passt besser, dich hier abzusetzen, sagt Claude.

Ja, aber ich habe alle meine Sachen im Hotel.

Hier, sagt er, steig hier aus.

~

A öffnet die Tür, ich folge ihm die Treppe hinauf. Er wohnt in der dritten Etage. Er dreht sich nicht um, um zu sehen, ob ich komme, er weiß es, er sagt, ich müsse das stockfinstere Treppenhaus entschuldigen. Normalerweise gingen die Lichter von selbst an und aus, sagt er, aber mit dem Strom stimme etwas nicht, es sei seit Tagen dunkel. Als wir in seine Wohnung kommen, schaltet er das Licht an, zündet sich einen Joint an, macht eine Handbewegung, wie um zu sagen, fühl dich wie zu Hause, oder setz dich, oder hier wohne ich. Ich ziehe den blauen Mantel aus und falte ihn zusammen und lege ihn auf den runden Tisch. Lege die rote Mütze auf den Mantel. Falte alles sorgsam zusammen, als handelte es sich um saubere Wäsche, die ich von der Leine nehme. Ich setze mich auf einen Holzstuhl am Fenster. Wir bleiben einige Stunden in der Wohnung. Viel später, um halb drei Uhr nachts, bin ich wieder dort. Aber das wusste ich da nicht.

Ich frage mich, jetzt, während ich das schreibe, ob A es wusste. Ob er wusste, dass das Mädchen zurückkommen würde. Ich frage mich, jetzt, ob A rund um das Mädchen einen Plan geschmiedet hatte, seit er sie in dem Aufzug in New York sah. Ich frage mich diese Dinge, weil die fünfundfünfzig Jahre alte Schriftstellerin, die ich heute bin, viel mehr über Planung und das Bedenken von Konsequenzen weiß – *wenn ich das tue, dann tut sie das* – als das sechzehnjährige Mädchen.

A läuft in dem Zimmer auf und ab. Er raucht. Er kann sich nicht hinsetzen, wenn er raucht. Ich weiß nicht, warum. Ich frage ihn, ob er mich zu meinem Hotel begleiten könne. Ich höre unsere Stimmen weit, weit weg. Er schüttelt den Kopf. *Nein.* Wir gehen bald zu einem Essen. Du musst mitkommen. Wichtige Leute. Gut für dich, gesehen zu werden. Also, wenn du Z vorgestellt wirst – mach, dass du in Erinnerung bleibst, okay.

Ja, aber ich habe jetzt Hunger. Ich versuche, nicht zu weinen.

Er stoppt abrupt, zieht an dem Joint. Er sieht mich an. Jetzt hör auf zu quengeln. *Hunger Durst hierhin fahren dahin fahren.* Willst du? Er reicht mir seinen Joint, wie viele hat er sich gedreht, ich habe den Überblick verloren. Vielleicht kannst du dich ein bisschen entspannen. Ich schüttele den Kopf. Dann etwas zu trinken? Er sucht zwei Gläser und eine Flasche Gin heraus. Ja, bitte. Er öffnet den Gin, schenkt ein, stellt die Flasche auf den Tisch. Dann geht er vor mir ruhig in die Hocke. Er umarmt meine Beine und legt den Kopf in meinen Schoß. Du bist so schön, sagt er, fast völlig ohne Make-up. *Ich freue mich, dass du hier bist.* Er sieht auf und findet meinen Blick. *Wirklich.* Wir werden zusammen fantastische Bilder machen, sagt er. Zuerst morgen – er nennt den Namen des Magazins, das der Auftraggeber am nächsten Tag ist – und dann, später diese Woche, die französische *Vogue.* Wirklich. Wenn alles nach Plan verläuft, verstehst du. Ich nicke. Mir ist schwindlig. Gin auf leeren Magen. Jetlag. Ich schaue auf die Uhr, in New York, wo Mutter sich befindet, ist es erst zwölf Uhr mittags. Ich frage mich, ob ich mich übergeben muss und was A sagen würde, wenn ich es täte.

Aber meinst du, du könntest mich auf dem Weg zu diesem Essen kurz beim Hotel absetzen.

A steht auf und läuft wieder herum.

Für mich ist jetzt wichtig, dass du kein Kind bist, sagt er.

Weißt du, wie mein Hotel heißt?

Nein, mein Gott, ich habe keine Ahnung.

Er geht zur Bücherwand, öffnet erst ein Buch, danach ein anderes, dann reißt er eine Seite heraus.

Hier, sagt er und legt die herausgerissene Seite vor mir auf den Tisch. Er findet einen Stift in der Jackentasche und legt auch ihn auf den Tisch.

Hier, wiederholt er, jetzt schreibst du meine Adresse und Telefonnummer auf diesen Zettel, dann hast du sie, falls wir uns verlieren sollten. Okay?

Okay.

~

Im Frühjahr 2016 arbeiteten mein Übersetzer und ich an der englischen Ausgabe eines meiner Romane. In Verbindung damit überkam mich eine Depression, die anders war, fremder, und mir gefährlicher erschien als frühere Depressionen. Nach ein paar Monaten ließ sie mich los, und ich stand morgens wieder früh auf, trank Kaffee, aß Brot mit Butter und Käse, ging mit dem Hund spazieren, kehrte zu meiner Familie zurück. Aber dann, im Herbst 2019, kehrte sie zurück, derselbe fremde Geist, vielleicht warst du das. Denn ungefähr zu der Zeit, als diese neue Depression zum zweiten Mal kam, tauchtest du unter einer Ulme im Torshovpark auf. Ich wollte nicht sterben, aber alles drehte sich darum zu sterben. *Nichts ist mehr alltäglich*, sagtest du. Alles ist stechendes Sonnenlicht und unbarmherzige Finsternis. Gott existiert nicht. Die Erde existiert nicht. Deine Kinder und dein Mann existieren, aber auf der anderen Seite einer unsichtbaren Wand, kalt bis zu den Fingerspitzen, eine Wand, die allein du siehst und gegen die du dich wieder und wieder wirfst.

Deine Kinder, der Hund, die Familie, die Essen, frühe Morgen, späte Nachmittage, *was ist heute passiert, tja, hör dir das mal an*, Hausaufgaben, Abendbrot, Licht anmachen, Licht ausmachen. All das. Aber hinter der Wand. Die Angst macht dich abwesend und angespannt, du fürchtest dich vor allem.

Du weinst viel und zu festen Uhrzeiten, um halb neun Uhr morgens, um vier Uhr nachmittags und um zehn Uhr abends. Und dann, als du gerade ein festes System ausgemacht hast, ändern sich die Zeitpunkte. Neue Uhrzeiten für die Verzweiflung.

Es war wie damals, als du schwanger warst – die Übelkeit und der Schwindel stellten sich auch zu festen Uhrzeiten ein, die sich dann änderten.

Ich setze mich an den Schreibtisch, jeden Tag, und versuche, ein wenig zu übersetzen, meist Gedichte, wie das über Melancholie von Jane Kenyon, Gedichte und Texte von anderen, vor allem Frauen, Frauen, die schreiben, die schrieben, die für mich da gewesen sind. Diesmal geht die Depression nicht vorüber.

Ich werde dich niemals verlassen.

Aber gelegentlich gibt es gesegnete Pausen – wie ein plötzlicher kühler Wind von einem offenen Fenster, als du und ich Kinder waren und im Bett lagen und Fieber hatten, und dann kam unsere Mutter und schüttelte das Federbett auf und lüftete. Doch jedes Mal, wenn ich denke, *aber jetzt geht es mir besser*, Evas Stimme im Nebenzimmer, der feuchte Atem des Hunds auf meiner Wange, eilst du herbei, als wittertest du Blut.

~

Jemand sagte, es sei Unsinn, mein voriges Buch einen Roman zu nennen, wenn er auf wirklichen Ereignissen basiere. Ich weiß nicht. Als ich ihn schrieb, beschäftigte mich am meisten, in welcher Reihenfolge ich die Ereignisse anordnen sollte, sowohl diejenigen, an die ich mich erinnerte, als auch jene, die ich vergessen hatte und mir deshalb vorstellen musste. Es ist die Reihenfolge, die mich auch jetzt beschäftigt.

Als ich ein Kind war, nannte ich dich Ylva-li, wie in dem Buch von Astrid Lindgren. Erinnerst du dich an den

Rosenbusch, das Totenreich, das Wasser, die Pferde und den Wald?

Am Ende war ich fertig mit der Übersetzung, fing aber nicht mit dem neuen Buch an, obwohl ich log und sagte, ich käme gut voran.

Du tauchtest unter der Ulme auf und bestandst darauf, dass wir nebeneinander gingen. Früher hießt du Ylva-li, jetzt weiß ich nicht, wie du heißt.

~

Vor ein paar Jahren bekam ich eine SMS von einem Journalisten: *Hallo ☺ Ich würde mit Ihnen gerne darüber sprechen, was in Ihrem letzten Buch wahr ist und was Fiktion. Hätten Sie drei Minuten für ein Gespräch?*

Ich verhakte mich am falschen Ende der Frage, saß da und dachte an die drei Minuten. Was sollte ich antworten? Es dauert zum Beispiel mehr als drei Minuten, sämtliche Bäume im Torshovpark zu zählen, und weniger als drei Minuten, den bronzenen Puppenkopf im Torshovtal zu umrunden, aber es dauert ziemlich genau drei Minuten (wenn man darauf achtet, nicht zu schnell und nicht zu langsam zu gehen), vom Torshovpark zum Torshovtal zu spazieren. Der bronzene Puppenkopf ist sieben Meter hoch und nach dem Kopf einer Puppe modelliert, den die Künstlerin Marianne Heske 1971 auf einem Flohmarkt in Paris kaufte, zwölf Jahre, bevor ich dorthin reiste, um fotografiert zu werden. Es dauerte drei Minuten (mehr oder weniger), mich auszuziehen und neben A zu legen und zu spüren, wie sein Schwanz an meinem nackten Schenkel groß wurde, und anschließend zu verstehen, mit jeder Faser in mir, dass es nicht möglich war, einfach wieder aus dem Bett aufzustehen und sich anzuziehen und zu gehen. Nicht jetzt, es war zu viel Zeit vergangen.

Du sitzt auf dem Fenstersims und bist wirklich und zugleich unwirklich. Du bittest um einen Körper. Du bittest um einen Mund. Du bittest um Erinnerungen. Du bittest mich, genau zu sein.

Herbst 2019. Du kamst im September. Wie sagt man noch? *Aus heiterem Himmel.* Es war nicht nur das neue Buch, mit dem etwas nicht stimmte, das Buch, von dem ich sagte, dass ich es schriebe, es jedoch nicht schrieb. All diese Lügen über das Schreiben. Als ich jung war, wusste ich nicht, dass es so viele werden würden. In dem Herbst hatte ich meine Tage so oft und unregelmäßig wie damals, als ich ein junges Mädchen war. Nach dem Aufenthalt in Paris mit A bekam ich meine Tage mehr als ein Jahr lang überhaupt nicht mehr. Nachts riss ich mir ein dampfendes Nachthemd nach dem anderen vom Leib. Die Temperaturen waren aus den Fugen geraten. Es war entweder zu warm oder zu kalt oder beides zugleich. Der Körper war nicht wiederzuerkennen. Ebenso wenig das

Gehirn. Das Wort BESONNENHEIT wird definiert als *bei Sinnen und gefasst zu sein; Kontrolle über sich selbst; Selbstbeherrschung*. Ich befürchtete, das alles zu verlieren. Will sagen: meine Besonnenheit zu verlieren. Eine Jahreszeit löste die andere ab. Der Winter 2019, der Winter 2020. Das Polareis schmolz. Eva schickte mir einen YouTube-Clip von einem fallenden Walross. Es hatte sich mit hunderten anderer Walrösser auf der Kuppe einer steilen Klippe verschanzt. Als es dort zu eng wurde und es keinen Ausweg mehr gab, verlor es den Halt und fiel.

~

Das Mädchen fährt durch mich hindurch.

Aber wo sollte ich denn hin? Ich gehe zu ihm, weil ich das Hotel nicht finde. Ich erinnere mich nicht, wie es heißt oder wo es liegt. Die einzige Adresse, an die ich mich erinnere, weil ich sie mir aufgeschrieben habe, ist die von A.

~

Das Mädchen, das ich war, sie, die Karin getauft wurde, dreht sich um und sieht mich an. Ihre Augen sind blau. Sie steht allein an einer Straßenecke und hält einen Zettel in der Hand. Auf dem Zettel steht eine Adresse. Ich kann entweder weiter in den Straßen herumlaufen und nach einem Hotel suchen, dessen Namen ich nicht weiß, oder ich kann die nächste Person, auf die ich stoße (ein Mann, wie sich herausstellen wird, der mir anbietet, mich zu begleiten), um Hilfe bitten, diese Adresse zu finden, die ich trotz allem habe. *Aufgeschrieben.* Sie wedelt mit dem Zettel.

Was soll ich denn tun?

Mutter hat angerufen und angerufen. Sie hat die Frau im Hotel geweckt, die mühevoll alle Treppen zu meinem Zimmer hinaufgestiegen ist und fest an die Tür geklopft hat.

Tut mir leid, Madame, sie ist nicht da, ich habe sie seit heute Morgen, als sie angekommen ist, nicht mehr gesehen.

Indem ich schreibe, was geschah, indem ich die Geschichte so wahrheitsgemäß erzähle, wie ich nur kann, versuche ich, sie in *einem* Körper zu sammeln – die Frau von 2021 und das Mädchen von 1983. Ich weiß nicht, ob das möglich ist.

~

Ich gehe ins Bad. Ich wasche mir das Gesicht mit heißem Wasser. Ich setze mich auf den Badezimmerboden, auch er blau. Nicht wie der Mantel, nicht wie die Qualle, sondern wie das Blau in Mutters blauem und weißem Teeservice. Ich lege den Kopf zwischen die Knie. Der Mantel kratzt. Es ist nicht vorgesehen, dass man im Haus einen dicken Mantel trägt, jedenfalls nicht lange. Das sagte die

Verkäuferin bei Bloomingdale's einige Wochen zuvor. *Man zieht ihn an, schaut, ob er passt, zieht ihn aus.* Ich hatte meinen anbehalten und war in der Abteilung *Mäntel und Jacken für Damen* von Spiegel zu Spiegel gegangen, bis mir so heiß war, dass ich ohnmächtig wurde. Oder fast ohnmächtig wurde. Ich falle, sagte ich. Als ich aus dem Bad komme, hat A sich nackt ins Bett gelegt. Ich ziehe mich auch aus, er sagt nicht, dass ich das tun soll, aber ich verstehe, dass es das ist, was ich tun soll, erst den Mantel, dann den Rest, ich spüre den kalten Wind vom offenen Fenster und die Wärme seines Körpers, als ich mich neben ihm unter die Decke lege. Das Bett ist eine Matratze auf dem Fußboden. Die Bettwäsche ist weiß. Es sind keine Vorhänge vor den Fenstern, draußen hat es angefangen zu schneien. Seine Haut ist alt, wie ein braungebranntes Stück Leder. Ich bin keine Jungfrau mehr, aber eine solche Haut habe ich nie zuvor gefühlt.

II

ROT

I had a terror since September, schrieb Emily Dickinson in einem Brief im Frühjahr 1862, *I could tell to none; and so I sing, as the boy does by the burning ground, because I am afraid.*

Ich konnte es niemandem erzählen, also singe ich, weil ich Angst habe. Ich kann nicht schreiben, ich kann nicht einmal das Wort »terror« übersetzen – ich finde kein Wort auf Norwegisch, das mit dem übereinstimmt, was Emily Dickinson damals meinte.

Warum nicht?

Du sitzt auf meiner Schulter, in der Gestalt eines roten Vogels, und hackst in mein Ohr.

Weil das Wort, ganz gleich, welches ich auf Norwegisch wähle, eine andere Bedeutung bekommen wird als die von mir gewünschte.

Hack, hack, hack.

Auch du kamst im September. *Du du du.*

Damals, im Herbst 2019, tauchtest du unter der Ulme auf. Anfangs nur als ein allzu grelles Licht. Ich quälte mich mit dem Schreiben – das neue Buch zu schreiben, von dem ich gesagt hatte, dass ich es schreiben würde, das ich jedoch nicht schrieb, quälte mich damit, SMS zu schreiben, Einkaufslisten zu schreiben – mühte mich mit einer Existenz ab, die auf ein Chaos aus Halbwahrheiten und Ungenauigkeiten reduziert (oder vielleicht eher oxidiert) worden war. Freundschaften gingen verloren, ich beantwortete keine Briefe, Mails, SMS. Ich hatte das Gefühl, dass meine Nächsten und ich über wichtige Dinge nicht aufrichtig sprachen – oder über das, was in meiner Vorstellung wichtige Dinge waren. Ich dachte damals nicht daran, aber dies, über wichtige Dinge nicht aufrichtig zu sprechen, war dabei, zu einer alles durchdringenden Dissonanz in meinem Leben zu werden.

Nachdem mein Mann zur Arbeit und Eva zur Schule gegangen waren, legte ich mich jeden Morgen heimlich wieder hin. Der Schlaf war am Tag gefügiger als in der Nacht. Ich schüttelte die Decke auf und straffte das Laken und räumte den Nachttisch leer, öffnete das Fenster weit und zog die Vorhänge zur Seite. Licht und Luft sollten dorthin hereinströmen, wo ich in der weißen Bettwäsche lag – und Geräusche, die von einer wachen Stadt erzählten.

Aber dann verschwand der Schlaf. Nacht für Nacht hielt ich meinen Mann stundenlang wach, bis der Schlaf ihn am Ende holte, mich jedoch nicht. Ich legte mich auf die Couch. Wenn das Zittern begann, legte der Hund sich entweder neben mich (obwohl für uns beide nebeneinander eigentlich nicht genügend Platz war) oder ans Fußende. Er atmete so laut. Die graumelierte Schnauze arbeitete und arbeitete, groß, schwer, lebendig, wie das Wummern von Maschinen in einer nachts offenen Fabrikhalle. Ein und aus. Ein und aus. Ich sang für meine Kinder, als sie klein waren. Ich sang für meinen Vater, als er im Sterben lag. Ich versuchte auch jetzt, leise, im Takt mit dem Atem des Hundes, zu singen, aber man kann sich nicht selbst in den Schlaf singen.

Viel zu lange hatte das Besteck kunterbunt durcheinander in der obersten Küchenschublade gelegen. Mir gefiel das nicht. Das Ganze hatte etwas Schlampiges. Nicht nur das Besteck, sondern alles. Ich räumte die Besteckschublade auf. Jetzt hatte ich eine Art Ordnung. Die Gabeln lagen bei den Gabeln, die Messer bei den Messern, die Löffel bei den Löffeln. Die Löffel gefielen mir am besten. Ich mochte ihre großen, ovalen Köpfe.

Ich redete zu lange und zu schnell und zu laut mit Fremden und gab Geld aus, das ich nicht hatte. Keiner merkte etwas, glaube ich. Oder wenn sie es taten, sagten sie nichts zu mir.

Wenn ich As Namen zusammen mit meinem eigenen in das Suchfeld schreibe, erhalte ich keinen Treffer.

Und ich nahm ab. Ich fragte mich, ob es daran lag, dass ich nun sterben würde, bevor das Buch fertig geschrieben oder auch nur richtig angefangen worden war. *Vielleicht besser für Sie, im Moment nicht zu schreiben, solange es Ihnen so schlecht geht*, sagte die Psychologin, die erste, eine Frau in den Fünfzigern. Ich dachte an alle eingesperrten, verrückten, depressiven, ängstlichen Frauen zu allen Zeiten, denen eine Kur bestehend aus Nicht-Äußerung, Nicht-Schreiben, Nicht-ein-Wort-über-die-rasende-Wut-und-die-Verzweiflung-sagen verordnet worden war.

Janet Frame: *»Zu Ihrem eigenen Besten« ist ein sehr überzeugendes Argument, das den Menschen schließlich dazu bringt, seiner eigenen Vernichtung zuzustimmen.*

Es war September 2019, und die Bahamas wurden von dem Orkan Dorian getroffen. Dreiundsiebzig Menschen verloren ihr Leben. Nur wenige Tage, nachdem Dutzende Pinienkernpflücker in der Provinz Nangarhar in Afghanistan von Drohnen getötet wurden, starben in Helmand vierzig Hochzeitsgäste bei einem von den Amerikanern unterstützen Angriff. Jugendliche in aller Welt streikten für den Umweltschutz. Auch Eva.

Sie schickte mir einen Videoclip mit dem Gebrüll vor dem Parlament.

Ich sitze an dem weißen Küchentisch und schaue mir alte Fotografien von einem fünfzehnjährigen Mädchen in Volkstracht an. Sie steht neben ihrer Mutter, auch sie in Volkstracht. Auf den Bildern sind Mutter und Tochter von Familienmitgliedern umgeben, die aus Norwegen und Kanada nach New York gereist sind, um zu feiern. Das Mädchen ist blass. Ihr Gesicht hat etwas Trauriges bekommen, das mir bisher niemals aufgefallen ist.

Anderthalb Jahre, bevor ich A im Aufzug des Carnegie Hall-Gebäudes begegne, werde ich in der norwegischen Seemannskirche in Brooklyn konfirmiert.

Es ist der 24. Mai 1981. Ich weiß, dass sich das Mädchen, das genauso heißt wie ich und Karin getauft wurde, am Abend vor dem Tag der Konfirmation betrank. Ich weiß, dass sie sich an nichts mehr von jenem Abend erinnert. Ich weiß, dass sie zu der Zeit eher fasziniert davon als besorgt darüber ist, dass große Abschnitte Zeit aus ihrem Bewusstsein verschwinden. Ich weiß, sie hofft, dass ihre Mutter nicht bemerkt, dass ihr Atem trotz Zähneputzen, Mundwasser und Kaugummi nach Schnaps und Erbrochenem stinkt. Auch ihre Haare stinken, die Fingerkuppen, die Achselhöhlen. Egal, wie viel sie sich wäscht, der Geruch verschwindet nicht.

Sie müssen unmittelbar, nachdem die Fotos in ihrer Wohnung in der dreizehnten Etage gemacht worden waren, zum Essen Platz genommen haben. Das Mädchen saß mit dem Rücken zu den Fenstern und der Aussicht auf den Park und das Naturhistorische Museum. Die Mutter hatte handschriftlich ein Gedicht zu Papier gebracht und kopieren lassen, damit alle mitsingen konnten. Gemüse und Schinken in Aspik wurden aufgetragen. Das Mädchen rührte das Essen nicht an. Die Melodie war die von »Wir haben eine Kleine mit Augen so blau« und eine der Strophen ging so:

Am heut'gen Tag ist es endlich geschehen
Nie mehr wirst du unter Kleinen gesehen
Nun wirst ins Leben
Du dich bald erheben
Und auf neuen Pfaden gehen!

Zwei Jugendliche wurden an diesem Maitag in der Seemannskirche in Brooklyn konfirmiert: das Mädchen und ein Junge. Er sah ängstlich aus. Daran erinnere ich mich. Und jung. Ich fühlte mich viel älter als er. Die Konfirmationsvorbereitungen bestanden alle zwei Wochen aus einer halben Stunde nach dem Gottesdienst im Büro des Pfarrers. Ich glaube, er vergaß uns, seine beiden Konfirmanden, dazwischen jedes Mal. Im Nachhinein dachte ich, dass ich nie etwas über seine Predigten zu ihm sagte. Mir ging damals mehrmals durch den Kopf, dass ich das tun sollte, vielleicht glaubte er, dass ich mich nicht für sie interessierte, was ich doch tat, aber ich wusste nicht, was ich sagen sollte, oft war ich zu verkatert, um überhaupt etwas zu sagen.

Jeden zweiten Sonntag wurde ich von einem Fahrer nach Brooklyn gebracht, der eigens dafür engagiert worden war. Seine Aufgabe lautete: Fahren Sie das Mädchen zur Seemannskirche, warten Sie dort auf sie, während sie den Gottesdienst und die Konfirmationsvorbereitungen besucht, fahren Sie sie hinterher wieder nach Hause.

Es war jedes Mal derselbe Fahrer. Schlank, blond, kleine Hände. Er sagte, ich könne vorne sitzen. Er sagte, er möge meinen roten Minirock, dass ich Twiggy ähnele. Wusste ich, wer Twiggy war? Am Montag ging ich in die Schulbücherei und fragte die Bibliothekarin, ob sie mir helfen könne, Bilder von Twiggy zu finden. Nicht so, wie sie 1981 aussah, sondern in den sechziger Jahren, als sie jung war. Die Bibliothekarin, eine Frau Anfang vierzig, stand von ihrem Pult auf. Sie bekam den Namen Twiggy, sagte die Bibliothekarin, weil sie so dünn war wie ein Zweig. *Twig*. Verstehst du? Sie kehrte zu ihrem Pult zurück, legte ein Buch und mehrere Magazine auf die Tischplatte. So dünn wie ein Zweig, genau wie du. Die Autofahrt von der Upper West Side in Manhattan zur 33 First Place in Brooklyn dauerte eine halbe Stunde. Der Fahrer strich mir immer über die Innenseite des Oberschenkels. Er lenkte mit einer Hand und strich mit der anderen. Ich schaute nach vorn, hielt ihn nicht auf, versuchte aber, nicht auf die Hand und das zu sehen, was sie machte und wo sie es machte, sie war so feingliedrig, fast wie eine Kinderhand. Mit der Zeit hörten wir auf, uns zu unterhalten, aber er fasste mich weiter an. Er sprach nicht mehr darüber, dass ich Twiggy ähnele, selbst dann nicht, als ich mir die Haare auf eine Weise schneiden ließ, die an sie erinnerte. Die Konfirmationsvorbereitungen hatten im Januar begonnen, jetzt blühten im Central Park die Kirschbäume. Nach vielen stillen Fahrten nach Brooklyn und zurück, immer das Gleiche, öffnete er den Mund und sagte etwas. Es war im April oder Anfang Mai. Es lagen nicht mehr viele Fahrten vor uns. Er sagte, wenn er mich das nächste Mal abhole, hoffe er, dass ich die schwarze Strumpfhose ausgezogen hätte. Er sagte, es sei schöner ohne. Er sagte, es sei Frühling.

Der Pfarrer erinnerte uns daran, dass es Konfirmations*vorbereitung* heiße. Konnten wir vielleicht etwas dazu sagen, warum es so hieß. Wie verstanden wir das Verb *vorbereiten*? Der Junge sah nach unten. Ich schüttelte den Kopf. Der Pfarrer nahm die schwarze Bibel vom Schreibtisch und las uns vor: *Und die vorbereitet waren, gingen mit ihm hinein zur Hochzeit, und die Tür ward verschlossen. Zuletzt kamen auch die andern Jungfrauen (die törichten) und sprachen: Herr, Herr, tu uns auf! Er antwortete aber und sprach: Wahrlich ich sage euch: Ich kenne euch nicht.*

Die vierte Strophe in Mutters Konfirmationslied bestand aus folgenden Zeilen:

Vier Ratschläge will ich dir geben:
Lach gern auch über dich im Leben!
Und gib dein warmes Herz
Und vergiss deinen zornigen Schmerz
Für den Frieden sollst du leben.

Was noch im Körper lagert, als Reste von Erinnerungen, sind die Kopfschmerzen und das endlose Rumoren im Bauch, als wäre ich, die Konfirmandin, hungrig, aber dennoch ganz ohne Appetit. Der 24. Mai 1981 ist in New York ein warmer, sonniger Tag (ermittle ich, als ich im Internet suche), fast fünfundzwanzig Grad. Die Tracht ist groß und schwer und viel zu warm – wie ein merkwürdiges Kostüm – auf der Straße, unter dem grünen Baldachin vor W 81st Street. Sie ist fast fünfzehn und verkatert. Vielleicht ist es der Alkohol, der ihrem Gesicht so viel Traurigkeit verleiht. Vielleicht ist es etwas anderes. Ich weiß es nicht. Eines der Probleme, die ich dabei habe, dieses Buch zu schreiben, ist der Idee von einer Kausalität geschuldet. Zum Beispiel: dass der Grund für das traurige Aussehen des Mädchens am Tag ihrer Konfirmation ist, dass sie am Vortag betrunken war, oder dass sie auf all den Autofahrten nach Brooklyn und zurück nie etwas sagte. *Vergiss deinen zornigen Schmerz* und *für den Frieden sollst du leben.* Dass der Grund für ihr Erstarren im Herbst 2019

Ereignisse sind, die sich im Frühjahr 1981 oder im Winter 1983 oder lange vorher oder viel später abspielten. Ist das wahr? Wird die Angst weichen, wenn ich den Ursprung der Angst finde? Wirst du verblassen und mich in Ruhe lassen? Will ich das – dass du verschwindest? Vorsichtig ziehe ich eine Linie zwischen dem Mädchen, das ich war, und der Frau, die ich wurde, und das Einzige, was sie gemeinsam haben, ist ein weißer Klecks Farbe, wo das Gesicht hätte sein sollen. Das steife Trachtenhemd ist von Schweiß durchnässt. Die Filigranbrosche ist nicht ordentlich am Hemdkragen befestigt. Jedes Mal, wenn sie sich löst, spüre ich in der Halsgrube einen Stich der Nadel.

Die Stelle am Körper, wo die Broschennadel stach. Die Lyrikerin Alice Oswald schreibt darüber in *Memorial*, einem Gedichtzyklus, der auch ein Trauergesang über jeden gefallenen Krieger in der *Ilias* ist: *Doch ein Speer fand den Weg zu dem kleinen, weißen Fleck / Zwischen Schlüsselbein und Hals / Genau dort, wo die Seele eines Mannes sitzt …*

Eine Psychologin, die ich Irene nenne, schaut von ihren Notizen auf und sagt, sie glaube nicht, dass ich depressiv sei. Sie glaube nicht, dass ich Angst hätte.

Was dann?

Es gehe um eine rasende Wut, sagt sie. Sie sind außer sich vor Wut und zeigen es nicht. Sie behalten Ihre Gefühle für sich.

Aber das ist nicht wahr, sage ich, ich zeige Gefühle und bin ständig wütend. Das ist ein Problem. Ich verliere die Fassung, meine Besonnenheit, und sage Dinge, die ich besser nicht gesagt hätte.

Ja, aber ich meine nicht *diese* Wut, sagt Irene daraufhin und blättert in ihrem Notizbuch, ich meine die andere Wut.

Die andere Wut?

Genau, sagt sie.

Welche andere Wut, sage ich.
Die Sie nicht ausdrücken können, sagt sie.

Andere Stellen am Körper, die weich und verletzlich sind: die Augen. Der untere Teil des Bauchs. Ein kleiner Hautfleck knapp unter der Brust.

Vor ein paar Jahren sah ich eine Natursendung im Fernsehen. Die Kamera zoomte an einige seltsame Zeichnungen heran, die aussahen, als wären sie in die Felswand eingebrannt, rote Flecken, die an Handabdrücke erinnerten. Diese Zeichnungen stellten sich als Spuren eines prähistorischen Vogels heraus. Ich habe eine Brandwunde unter der Brust, die exakt so aussieht wie die Spuren in der Felswand. Sie stammt von einem allzu langen Tag in der Sonne, als ich fünfzehn war. Die Flecken, die Spuren, die Zeichnungen, die Abdrücke kommen und gehen, manchmal sind sie völlig verschwunden und ich vergesse sie, sie können jeweils für mehrere Jahre verschwinden, aber dann kehren sie zurück, wie um mich daran zu erinnern, dass es meine Haut, meine Brust ist und der Körper nicht vergisst, selbst wenn ich es tue.

Der Hund und ich gingen die Vogts gate hinab, wir bewegten uns noch asynchroner als am Vortag. Ab und zu drehte er sich um und sah mich an. Ich wusste, er spürte, dass nicht alles so war, wie es sein sollte. Mein Gang. Die Art, wie ich mich bewegte. Die Beine hatten sich in Löwenzahnstiele verwandelt. Ein Schritt, zwei Schritte, drei Schritte – das Herz pochte. Das Herz sagt vor dem Gehirn Bescheid, dass etwas nicht stimmt. Du musst aufhören, an der Leine zu ziehen und zu zerren, sagte ich, meine Stimme kam von einem weit entfernten Ort.

Wir wussten beide, der Hund und ich, dass er nicht das Problem war.

Und dann stolperte ich. Ich weiß nicht, ob *stolpern* das richtige Wort ist, stolpern führt häufig dazu, dass man fällt, und das tat ich nicht. Ich fiel nicht. Ich hob ab. Es *fühlte sich an* wie stolpern. Es *fühlte sich an* wie fallen. Aber ich lag eben nicht der Länge nach auf dem Asphalt, entsetzt und beschämt, während meine Mitmenschen, andere Fußgänger, herbeiströmten, um zu schauen, was passiert war. Wenn ich das wenigstens wäre – gefallen wäre, meine ich. Mir wehgetan hätte. Wie eine Idiotin dagelegen und tapfer gelächelt hätte … Ich verlor das Gleichgewicht, das ist wahr – aber dann, statt zu fallen, hob ich ab. Nicht viel, aber genug, dass meine Füße den Erdboden nicht mehr berührten. Und das Eigenartige war, dass ich nicht wieder herunterkam.

In dem Versuch, mich nach unten zu ziehen, zerrte ich an der Leine. Ich zog und zog, bis der Hund schließlich anfing zu wimmern und meine Hand zu lecken.

Entschuldige, flüsterte ich, entschuldige.

Ich wollte mich bücken und ihn streicheln, das dicke, schwarze Fell an den Handflächen spüren, mein Gesicht in seinen Nacken bohren, wagte es aber nicht, mich zu rühren.

Das Zerren hatte alles viel schlimmer gemacht, nicht nur für den Hund, der keine Luft bekam, sondern auch für mich, nun schwebte ich stattdessen noch etwas höher. Zehn Zentimeter. Zwanzig Zentimeter. Ich bin nicht gut in Abständen.

Der Hund leckte meine Hand.

Danke, sagte ich und zuckte zusammen, als ich meine Stimme hörte, danke für deine große, feuchte Schnauze, danke für deine Pfoten, danke dafür, dass du wirklich bist, und dann sagte ich, leise, damit nur er es hörte, ich glaube, wir müssen hier einen Moment warten, bis es vorbeigeht.

Vielleicht hing es mit der Schlaflosigkeit zusammen. Oder damit, dass ich abgenommen hatte. Ich weiß nicht, wie lange ich dort stehen blieb (schwebend), an der Ecke Vogts gate und Torshovgata. Oder wie häufig es seitdem passiert ist. Ich weiß nicht, was die Lösung ist, wenn es passiert.

Voller Angst, Angst, Angst, Angst, Angst.

Auf der anderen Straßenseite war eine Arztpraxis mit großen, verdunkelten Fenstern aufgetaucht. *Unheimlich.* Ich glaube nicht, dass mein Gehirn in der Lage war, jedenfalls nicht zu diesem Zeitpunkt, die Tatsache zu verarbeiten, dass ich schwebte und nicht mehr herunterkam, deshalb beschäftigte es sich mit allen möglichen anderen Dingen: den verdunkelten Fenstern der Arztpraxis und dem Leiden, das sich ganz sicher hinter ihnen abspielte, was ich kochen sollte, wenn ich irgendwann nach Hause kam, und ob Eva an diesem Tag das Mathebuch in die Schule mitgenommen hatte, und dass ich ihr hätte zuhören sollen, dass ich mich hätte umdrehen und sie ansehen und ihr hätte zuhören sollen, am Morgen, als sie versuchte, mir etwas zu erzählen.

Beweg dich nicht, hast du gesagt.

Du du du.

Ich will dich hier nicht haben! Geh weg!

Atme nicht, hast du erwidert.

Ich atme nicht.

Wenn du versuchst, jetzt weiterzugehen, hast du gesagt und desinteressiert gegähnt, wenn du dich auch nur von der Stelle rührst, wirst du nur höher steigen.

Also gut. Ich tat, was du sagtest. Ich rührte mich nicht.

Wie lange muss ich so stehen?

Für immer, antwortetest du. Es geht niemals vorbei.

Der Hund, der geliebte Hund, setzte sich auf den Bürgersteig und wartete.

Warum bist du nicht zurückgekehrt, um mir zu helfen, warum bist du so zurückgekehrt?

Wie?

Wie eine Abwesenheit von Vitalität … als eine Diagnose.

Der Hund und ich schweben durch den Torshovpark, die Bäume verlieren ihre Blätter, sie rieseln rot und braun und orange zur Erde und legen sich mit der Zeit in Haufen, ich vermeide das halbfertige (oder präziser: das noch nicht einmal begonnene) Buch über das Mädchen von 1983.

Warum nennst du es einen Roman, wenn jeder weiß, dass es um dich geht?

Du bist mir eine Weile gefolgt, und jetzt bestehst du darauf, dass wir nebeneinander gehen. Du nörgelst.

Nicht jeder *weiß*, dass ich das bin, sage ich, ein bisschen zu laut.

Rede ich laut und gestikulierend mit mir selbst, während ich zwischen den Bäumen im Torshovpark gehe?

Tu das nicht!

Sie, die von sich selbst in der ersten Person spricht, bin ich und nicht ich. Genau wie du, sage ich so leise und ruhig, wie ich kann.

Du stellst hunderttausend Fragen und wartest die Antworten nicht ab, ehe du schon die nächste stellst, du bekommst nie genug, du hältst nie den Mund.

Eines Abends ein paar Tage vor der Episode in der Vogts gate stehe ich nackt vor meinem Mann.

Ich bin so dünn geworden, siehst du das, die Ärztin sagt, ich muss sie anrufen, wenn ich dünner werde, findest du, dass ich dünner geworden bin, die Jeans passen nicht mehr, sie rutschen einfach herunter, kannst du sehen, dass ich abgenommen habe?

Nein, sagt er.

Nein, sage ich, was meinst du mit nein?

Er atmet durch und sieht zur Seite.

Ein bisschen dünner, ja, aber nicht besonders dramatisch.

Jetzt sind die USA offiziell aus dem Klimaabkommen von Paris ausgetreten, schreibt Eva per SMS. In Australien wüten Feuer, in Hongkong gibt es Unruhen.

Du hast es dir in meiner Brust gemütlich gemacht.

Fünfeinhalb Stunden lang hättest du – wenn du lebendig wärst – sehen können, wie der Merkur als kleiner schwarzer Punkt über die Sonnenscheibe gleitet.

Ich wurde an den Psychiater Dr. Hegg überwiesen.

Lieber Hegg, ich werde versuchen, mich klar auszudrücken. Ich weiß, dass Sie keine Geduld mit wehleidigen Menschen haben. Ich brauche Hilfe. Mein Gehirn erinnert an einen Satz in einem Gedicht von Anne Sexton: *Hässliche Engel sprachen zu mir*. Mir ist klar, dass Sie nicht wissen, wer Anne Sexton ist, und dass es Sie auch nicht interessiert. Sie schrieb ... was ich zu sagen versuche, ist, dass ich aus dem Englischen ins Norwegische übersetze. Nicht, weil mich jemand gebeten hat, es zu tun. In erster Linie Frauen ... Frauen, die schreiben, meine ich, Frauen, die vor mir kamen und an dem Punkt waren, an dem ich jetzt bin. Viele von ihnen sind tot. Manche leben noch. Was ich zu sagen versuche, ist, dass diese schreibenden Frauen, die lebenden und die toten, in meinen Gedanken gute Geister sind, verstehen Sie, was ich meine? Sie haben ihr Leben genutzt, um nach den richtigen Wörtern zu suchen und diese in die richtige Reihenfolge zu bringen, und darüber hinaus erzählen sie, dass ich nicht allein bin. Fühlen Sie sich allein? Ich übersetze, um die Angst zu lindern, das versuche ich zu sagen, aber ich mache mir Sorgen, dass alles Blut aus mir rinnt und ich rapide an Gewicht verliere. Ich fühle mich, als hätte ich ständig Fieber. Und es gibt auch noch etwas anderes, das schwer zu erklären ist. Die Füße – ich kann weder stehen noch gehen. Der Erdboden unter meinen Füßen ist verschwunden. Ich wage es kaum hinauszugehen, und mein Hund bekommt seine täglichen Spaziergänge nicht. Ich habe Angst.

Hegg lächelte, das tat er oft, aber kalt. Als wäre der Sinn des Lächelns nicht, zu lächeln, sondern mir alle seine Zähne zu zeigen.

Ich saß auf seiner Couch und weinte und schämte mich, weil ich weinte. Hegg wollte mir ein Medikament für den Schlaf verschreiben, zwei für die Depressionen, drei für die Angst, oder vielleicht war es auch umgekehrt, eins für die Angst, zwei für den Schlaf und drei für die Depressionen. Er meinte, es sei offensichtlich, dass es mir schlecht gehe. Ich sagte, dass ich schwebte, fragte, ob er das sehen könne. Er sagte, dazu könne er sich unter gar keinen Umständen äußern. Aber ich wollte nur eins, dass er sagte, dass ich *nicht* schwebte. Dass er *sehen* konnte, dass ich nicht schwebte. Ich möchte keine Medikamente nehmen. Ich möchte ohne Medikamente zurechtkommen. Ich bin schon einmal so gewesen – wie denn? –, die ganze Zeit voller Angst, und es ist vorbeigegangen. Er schüttelte den Kopf. Sie sind krank, sagte er. Seine Zähne klapperten. Er hat es sich zur Regel gemacht, *frei von der Leber weg* zu sprechen. Einem nicht nach dem Mund zu reden. Was wollen Sie dann, sagte er, wenn Sie keine Medikamente nehmen wollen? Ich glaube, ich sagte, ich wolle Trost bekommen. Da sagte er, zu trösten sei nicht sein Job. Dann wurde er ungeduldig. Sah auf die Uhr. Ich hatte eine Doppelstunde bekommen, und das bereute er jetzt sicher.

Das meiste, was ich auf dem Herzen hatte, zum Beispiel, dass du zurückgekehrt warst, behielt ich für mich. Ich erzählte nicht von dem roten Schnabel, vom Hacken. Ich erzählte nicht von dem nächtelangen Zittern, das an Gelächter oder Tanz erinnert.

Der Hund will, dass ich mit ihm rausgehe, ich tue so, als verstünde ich nicht, was er meint, wenn er mitten am hellichten Tag ins Schlafzimmer kommt und die Pfoten auf den Bettrand legt.

Erinnerst du dich daran, was Ruhe ist, fragt er, erinnerst du dich, wie sich Ruhe anfühlt, ihre Schwere im Körper, kannst du nicht versuchen, dich zu erinnern, damit wir bald wieder zusammen spazieren gehen können?

Als ich ein Kind war, übte ich mich darin, im Meer zu schwimmen. Ich übte mich darin, die Luft anzuhalten. Ich übte mich darin, mich immer weiter zu drehen, bis mir so schwindlig wurde, dass ich hinfiel. Abends las Mutter mir vor. Manchmal sang sie auch, obwohl es nicht so schön klang. Das machte nichts. Ich hörte nicht hin. Ich hörte das Rauschen, nicht den Gesang. Ich lag immer mit dem Kopf auf ihrem Bauch. Ich riss den Pullover oder die Bluse oder das Kleid oder was immer sie anhatte, hoch, soll ich noch ein Lied singen, sang sie, und noch eins und noch eins, meine Wange auf ihrem Bauch. Ihre Haut schmeckte salzig. Es war, als läge man mit dem Ohr an einer großen, hellroten Muschel.

Und ein anderes Mal, bevor –

Mutter und ich gehen einen langen Anstieg hinauf. Sie vorn, ich dahinter. Wie alt sind wir? Ich bin ungefähr fünf, und sie ist zweiunddreißig. Wir sind im Postamt gewesen und haben ein Paket abgeholt, das an mich adressiert ist. Wir wissen nicht, wer der Absender ist.

Wer hat das Paket geschickt?

Ich weiß es nicht.

Können wir es sofort auspacken?

Nein.

Warum nicht?

Weil man das Paket nicht einfach sofort auspackt, wenn man es in der Post abgeholt hat, man muss warten, bis man zu Hause ist.

Warum denn?

Normalerweise hat Mutter die langen Haare zu einem hohen Pferdeschwanz gebündelt. Dann sieht sie aus wie ein Mädchen. Älter als ich, dennoch ein Mädchen.

Weil Geduld eine Tugend ist.

Einige Monate zuvor hatte ich einen Brief von einem von Mutters Verehrern, einem Amerikaner, bekommen. Ich weiß nicht mehr, was in dem Brief stand, aber ich erinnere mich, dass er ein Bild von sich dazugelegt hatte. Wollte er, dass ich Mutter daran erinnerte, dass es ihn gab? Auf dem Bild steht er aufrecht unter einer Palme, er lächelt den Fotografen an, er ist schick gekleidet, in einer braunen Schlaghose, einem braunen Seidenhemd mit großen Kragenecken und einer großen, dunklen Pilotenbrille.

Ich war nicht die Einzige, die Mutter liebte, und das musste ich immer in Betracht ziehen, wenn ich Dinge durchdachte.

Ich heftete das Bild von dem Amerikaner an die geblümte Tapete in meinem Zimmer, über einer der Mohnblüten. An der Wand hing bereits ein gerahmtes Foto von meinem Vater, aber es war das Gesicht des Amerikaners, das ich ansah, bevor ich abends einschlief, vielleicht, weil er so breit lächelte und *I love you* auf das Bild geschrieben hatte. Mein Vater, in einem grünen Wollpullover mit hohem Kragen, sah mich mit ernstem Blick und geschlossenem Mund an. Es war so lange her, seit ich ihn gesehen hatte, dass ich kaum einmal an ihn dachte.

Mutter und ich gehen den langen Anstieg zum Haus hinauf.

Mutter geht vor, Einkaufstüten in beiden Händen, ich gehe hinter ihr und halte das Paket wie eine Königskrone vor mir hoch.

Was glaubst du, was in dem Paket ist?

Ich weiß es nicht.

Aber was glaubst du?

Ich weiß es nicht.

Was glaubst du, von wem es ist?

Das finden wir heraus, wenn wir zu Hause sind.

Es ist Sommer. Mutter hütet sich davor, sich zu sonnen. Sie trägt ein langes, dünnes, rot-lila Kleid und einen großen, schwarzen Sonnenhut. Deshalb – wegen des großen Huts – hat sie keinen Pferdeschwanz, wenn wir zu Fuß unterwegs sind.

Mutter beginnt zu singen, oder zu summen, *eins zwei, eins zwei, ein Stiefel und ein Schuh.* Kurz darauf singe ich auch, *eins zwei, eins zwei, ein Stiefel und ein Schuh.* Mutters Rücken, Mutters lange weiße Beine, schwach sichtbar durch den dünnen Stoff ihres Kleids, Mutters weiße Knöchel.

Den Anstieg hinauf. Das dauert. Die Dinge dauern. Geduld ist eine Tugend. Aber wenn ich erwachsen bin und auf der Post ein Paket bekomme, werde ich es auf der Stelle öffnen. Keiner wird mir sagen, dass ich warten muss.

Ungefähr zu der Zeit, im Sommer 1971, landet die sowjetische Raumkapsel Sojus 11 in der kasachischen Wüste. Bevor ich ins Bett gehe, erzählt Mutter mir manchmal vom Weltall – dem Mond, den Sternen, dem einsamen Hund. Die Kosmonauten wurden nach der Landung tot aufgefunden. Sie hatten vierundzwanzig Tage in einer Umlaufbahn um die Erde verbracht. Kostete der Zustand der Schwerelosigkeit sie das Leben? Viele meinten es. Richard Nixon schickte Beileidsbekundungen. Viele fragten sich (auch Mutter): Wie lange können wir in Schwerelosigkeit leben?

Wir sind den ganzen Anstieg hinaufgegangen, Mutter bleibt stehen, setzt die Einkaufstüten ab, zieht den Sonnenhut vom Kopf und streicht sich die Haare aus dem Gesicht. Elfeinhalb Jahre später, im Januar 1983, macht sie die exakt gleiche Bewegung. Schlagartig wird mir, während ich dies schreibe, bewusst, dass diese Bewegungen, diese flüchtigen Momente – zum Beispiel, dass Mutter den Sonnenhut absetzt und sich die Haare aus dem Gesicht streicht – niemals bedeutsam erschienen, als sie passierten. Es ist seltsam, dass ich mich an sie erinnere, vor allem, wenn man all das bedenkt, was ich vergessen habe. Das Vergessen ist größer als die Erinnerungen. Ich frage: Was ist zwischen da und dort passiert? *Ich weiß es nicht.* Wie kamst du von da nach dort? *Ich weiß es nicht.* Nur diese Bewegungen – diese kleinen, flüchtigen, unbedeutenden Bewegungen – haben sich im Gedächtnis festgesetzt und knüpfen das Mädchen von 1971 an das Mädchen von 1983 an die Frau von 2021. Ich bin sechzehn und will in das gelbe Taxi steigen, das mich zum Air France-Terminal am Flughafen JFK bringen soll. Mutter setzt, diesmal nicht den Hut, sondern die rote Mütze ab und streicht sich die Haare aus dem Gesicht.

Das ist, woran ich mich erinnere: Sie – Mutter – stand vor dem Gebäude mit dem grünen Baldachin. Sie hatte den Aufzug die dreizehn Stockwerke hinunter genommen und war auf die Straße gelaufen, ohne sich Schuhe anzuziehen. Die langen Haare wehten in alle Richtungen. Sie hatte nein gesagt. Daran besteht kein Zweifel. *Du darfst nicht fahren.* Ihr war schwindlig und übel. Sie fühlte sich schwerelos. Ein Schneesturm war angekündigt worden, aber der Sturm kam nicht. Ich glaube, sie hoffte, es würde so viel schneien, dass die Flughäfen geschlossen werden mussten.

Ich bin entschieden dagegen. Wirklich. Ich rufe dich jeden Abend um zehn an, und dann musst du auf deinem Hotelzimmer sein, bereit, ins Bett zu gehen.

A hat mich nach Paris eingeladen. Wir werden Bilder machen, erst für ein wichtiges Schönheitsmagazin und danach, vielleicht, wenn es gut läuft, für die französische *Vogue*. Und jetzt stand Mutter dort, auf dem Bürgersteig, in einer unförmigen Daunenjacke, dicken Wollsocken und mit der roten Mütze auf dem Kopf. Der Wind kam in kräftigen Böen.

Warte, rief sie.

Die Socken wurden im Schneematsch klatschnass.

Warte.

Sie zog die Mütze ab, strich sich die Haare aus dem Gesicht, als wollte sie diesen ganzen schweren Tag aus dem Archiv des Universums über schwere Tage streichen, und dann drückte sie mir die Mütze auf den Kopf, *fest*.

Du ziehst sie sowieso viel öfter an als ich, sagte sie, und ich will nicht, dass du in Paris frierst.

Ich laufe in die Küche und reiße das Paket auf, das wir im Postamt abgeholt haben.

Mutter folgt mir und stellt die Einkaufstüten auf den Stuhl.

In dem Paket befindet sich eine große, hellrote Muschel.

Hm, sagt Mutter und dreht und wendet die Muschel.

Sie liest die Karte. Sie ist nicht von dem Amerikaner, sie ist nicht von Vater, sie ist nicht von jemandem, den wir tatsächlich kennen, sondern von jemandem, der gern unsere Bekanntschaft machen würde.

Hm, sagt Mutter wieder und zerknüllt das Papier und wirft es in den Mülleimer unter der Spüle. Sie beginnt, die Lebensmittel auszupacken.

Was soll ich mit einer großen, hellroten Muschel?

Tagelang bleibt die Muschel auf dem Küchentisch liegen. Sie ist so groß wie ein Hecht, sagt Mutter, aber ich glaube nicht, dass sie weiß, wie ein Hecht eigentlich aussieht. Nach ein paar Tagen legt Mutter die Muschel auf die Fensterbank, sie ist zu groß, um auf dem Küchentisch zu liegen, sie ist auch zu groß, um auf der Fensterbank zu liegen, aber dort bleibt sie liegen, eine hechtgroße Muschel neben anderen Schmuckgegenständen, von denen ich nicht weiß, woher sie kamen und wohin sie gingen – eine Holzschale mit Bauernmalerei, eine Vase mit Margeriten, ein feuerroter Porzellanvogel.

Wenn du die Muschel ans Ohr legst, kannst du das Meer hören, sagt Mutter.

Sie weint –

Sie klagt –

Sie schließt sich im Bad ein, setzt sich nackt auf die kalten blauen Fliesen, die Knie unter das Kinn gezogen –

An goldenen Haken hängen drei große weiße Handtücher –

Crybaby –

Aber davor. Vor den Tränen. Bevor ich in As Bett lag, auf As weißen Laken, in As langen, blassen Armen, vor dem Windstoß aus Begierde, der den Körper traf wie eine Böe, bevor ich mich im Bad einschloss und nackt auf dem eiskalten Badezimmerboden saß, die Knie unter das Kinn gezogen, vor all dem: Es war eine Nacht, die niemals endete und deren Reichweite ich jetzt, fast vierzig Jahre später, zu begreifen anstrebe. Aber nicht nur die Reichweite, konkreter, *die Reihenfolge*. Finde ich eine Reihenfolge, finde ich auch das Mädchen. Und was will ich mit ihr? Ich weiß es nicht. *Was willst du mit ihr?* Ich weiß es nicht. Das ist die ehrliche Antwort. Sie begraben vielleicht, oder zum Leben erwecken, oder etwas dazwischen. Dort sind wir jetzt, du und ich: dazwischen. Was in Paris geschah – und alles, was davor kam, und alles, was danach kam –, erscheint wie Wasser. Ich erinnere mich punktuell. Ich vergesse punktuell.

Woran ich mich erinnere – das Hotel mit dem jungfräulich gemachten Bett und der eindrücklichen Geschäftsführerin, Claude, der *vite*, *vite*, *vite*, sagte, das große, helle Fotoatelier und das Mädchen mit dem Zauberwürfel, As Adresse auf dem Zettel, der stockfinstere Aufgang und die Treppen zu As Wohnung, erste Etage, zweite Etage, dritte Etage, As weiße Laken, As Hände, As Zunge, As rasende Wut, *fucking crybaby* –, fügt sich nicht ohne Weiteres in eine Reihenfolge ein. Ich muss eine Reihenfolge *festlegen* – ziemlich einfach, weil in einem Buch (oder einer Erinnerung, einer Erzählung) das eine Wort vor dem anderen kommen muss, der erste Satz vor dem nächsten kommen muss. Aber dennoch, es war nicht so, nicht exakt so.

Wie war es dann?

Das habe ich schon gesagt. Es war wie Wasser, Pfütze auf Pfütze auf Pfütze, gestaltlos. Was zuerst geschah, und was danach geschah, und wiederum danach. Ich bin mir nicht sicher.

Ich habe kein Zeitgefühl, der Tag geht nie zu Ende, sondern dreht sich im Kreis. Nicht Stunde für Stunde, nicht eins nach dem anderen. Ich bin unvorbereitet und orientierungslos in einer fremden Stadt. Seit damals ist unendlich viel Zeit vergangen. Aber jetzt bin ich wieder dort. In As Wohnung. Er läuft im Zimmer auf und ab. Er raucht, die ganze Zeit, verschiedene Sachen. Es ist Nachmittag. Claude hat uns abgesetzt. A hat die Haustür geöffnet, und ich bin ihm die Treppe hinauf gefolgt. Er wohnt in der dritten Etage. Er bedauert, dass es im Treppenhaus so dunkel ist, irgendetwas stimmt mit dem Strom nicht. Ich frage ihn, ob er mich zu meinem Hotel begleiten kann. Er schüttelt den Kopf. *Nein.* Wir müssen zu dem Essen bei Z. Du musst dabei sein. Wir fahren bald, in einer Stunde oder zwei.

Aber ich habe jetzt Hunger. Ich versuche, nicht zu weinen.

A bietet mir Gin an. Wir trinken Gin. Er hat auch Tonic und Kokain. Ich nehme das Tonic. Er legt den Kopf in meinen Schoß. Er erzählt mir, dass ich im Licht der Straßenlaternen vor dem Fenster schön bin. Die rote Mütze liegt auf dem Tisch. Ich habe sie so viele Male abgesetzt und aufgesetzt. Ich weiß nicht, ob es wahr ist, dass ich schön bin.

Ich versuche es noch einmal.

Kannst du nicht herausfinden, wie mein Hotel heißt? Und als Erklärung dafür, warum ich das wissen muss: *Da habe ich meinen Koffer mit allen Sachen.*

Ich wähle ein genaues Datum und eine genaue Uhrzeit: acht Uhr abends am 19. Januar 1983. Ich finde das Mädchen in einer grandiosen Wohnung im 7. Arrondissement. Sie ist nicht das erste vierzehn, fünfzehn, sechzehn, siebzehn Jahre alte Mädchen, das die schöne Wendeltreppe zur zweiten Etage hinaufgeht und durch die Tür tritt und von Z empfangen wird, der einen Blick auf sie wirft, oben, unten, hinten, vorn. Claude ist dort, fett und verschwitzt, in der Peripherie, schnaufend wie ein hungriger Hund. Eine schöne junge Frau nach der anderen schwebt gespenstergleich über den knarrenden Holzfußboden. Z küsst A auf beide Wangen, sagt etwas auf Französisch, was ich nicht verstehe, und sagt anschließend, kommt rein, kommt rein. Z hat dunkle Locken, genau wie A, aber Zs Haare glänzen, das tun As nicht. Z trägt eine Lederhose, die ein gutes Stück über die Hüften hochgezogen und um die Taille verschnürt ist. Er sieht mich an dem Abend nicht besonders oft an, nur ein kalter Blick, als ich seine Wohnung eine Stunde später mit zwei älteren Mädchen verlasse, noch bevor das Essen serviert wird.

Die Gäste sitzen auf einer großen Eckcouch um einen flachen Tisch herum. Die Mädchen haben lange Beine. Die Männer sind alt. Ich sitze neben A. Alle fallen sich gegenseitig laut ins Wort. Auf dem Tisch stehen eine Flasche Gin und eine große Schüssel mit Erdnüssen. Die Mädchen sind groß, über einsachtzig, einsneunzig. Ich bin einsneunundsechzigeinhalb. Aber Maxine, die Modelagentin in New York, hat gesagt, sie könne trotzdem etwas aus mir machen, wenn ich begabt und smart sei und hart arbeitete und täte, was sie sage. Ich habe, wie es heißt, eine *süße kleine Stundenglasfigur mit schmaler Taille und langen Beinen.* Ich sitze in Zs grandioser Wohnung auf der Couch und denke an As Kopf in meinem Schoß ein paar Stunden zuvor, daheim in seiner Wohnung. Kann ich seine Hand nehmen? Wäre das völlig falsch? Spielt es eine Rolle, wenn alle wissen, dass zwischen A und mir etwas Besonderes geschieht? A hat mich nie auf die Art angesehen, in der mich Claude und Z und die anderen Männer ansehen, von oben bis unten, von vorn bis hinten, als wäre ich ein Stück Kuchen. *A piece of sex.* A ist vierundvierzig, fast fünfundvierzig. Er spricht gern über Film und Musik. A ist nicht eklig mit einer Lederhose, die um die Taille geschnürt ist, wie Z, oder mit teuren Uhren in den Innentaschen wie Claude. Vor Hunger wird mir schwindlig. Mein Magen rumort. *As Hand kannst du natürlich nicht nehmen.* Was hat er in dem roten Jeep auf dem Weg hierher gesagt: Es gibt offensichtlich etwas ganz Besonderes zwischen dir und mir, aber die Leute wollen das nur zu gern falsch verstehen. *Es ist besser, wenn keiner erfährt, dass du heute Nachmittag bei mir warst, okay?* Ich nickte, sagte aber nichts. Ja, natürlich, nickte ich, ich verstehe.

Und zwischen uns ist nichts passiert. Ich meine – er hat mich kaum berührt. Es ist nicht so eine Geschichte. A und ich sind etwas anderes. Ich trinke den Gin Tonic, Claude hat den Drink gemixt und mir das Glas gegeben. Eines der Mädchen verschwindet in einem der Badezimmer und kehrt kichernd zurück. Ich trinke, esse Erdnüsse. Keines der anderen Mädchen isst Erdnüsse, aber ich bin nicht fähig, es bleiben zu lassen. Erst eine Erdnuss. Dann noch eine. Dann eine Handvoll. Dann noch eine Handvoll. Für kurze Zeit, einige Sekunden, ist es, als stillten das Salz der Erdnüsse und die Bitterkeit des Gin Tonics den Hunger und beruhigten den Körper. Aber im Grunde geht es in die umgekehrte Richtung. Der Magen rumort. Eines der großen Mädchen sieht mich an und fragt auf Englisch – sie stammt aus den USA –, *möchtest du noch mehr Erdnüsse, in der Küche liegt eine ganze Tüte.*

Ich schüttele den Kopf.

Das Mädchen lacht.

Es wird still am Tisch. Können sie riechen, wie unwohl ich mich fühle?

Cheers, sagt A und erhebt sein Glas.

Cheers sagt Z mit seinem fast parodistischen französischen Akzent.

Außer einem der Mädchen erheben alle ihr Glas. Sie, die ihr Glas nicht erhebt, trägt eine rote Bluse. Rot wie die mohnblumengemusterte Tapete in meinem Schlafzimmer, als ich klein war, rot wie das Fahrrad meines Vaters. Mir ist schwindlig.

Das Mädchen in der roten Bluse sitzt auf einem Esstischstuhl. Auf der großen Eckcouch ist nicht für alle Platz. Über dem Couchtisch hängt ein uralter Kronleuchter mit tausend brennenden Kerzen. *Nicht tausend Kerzen – jetzt übertreibst du mal wieder?* Das Mädchen in der roten Bluse sitzt etwas abseits und starrt A und mich an. Sie sagt nichts. Als die anderen Mädchen aufstehen und anfangen, zu »Down Under« zu tanzen, bleibt sie sitzen. Jemand hat Men at Work aufgelegt und lässt den Titel immer wieder laufen. Ich tanze auch nicht, sondern bleibe sitzen, sichtbar und zugleich unsichtbar, auf der Couch neben A. Wenn ich dem Blick des Mädchens in der roten Bluse begegne, runzelt sie jedes Mal die Stirn und schüttelt den Kopf. Als wäre sie wütend auf mich. Als hätte ich ihr etwas getan. Ich will mehr Erdnüsse haben, aber die Schüssel ist jetzt leer. Es ist unklar, wann das Essen serviert wird. A sitzt neben mir, aber es ist, als würden wir uns nicht kennen. Er spricht Französisch mit Claude. Manchmal wird Claude ganz still, unterbricht sich mitten in einem Wort, um die tanzenden Mädchen anzustieren. A grinst. Nicht über die tanzenden Mädchen, A ist nicht sonderlich interessiert an ihnen, sondern über den stierenden Claude. Es ist fast neun, in einer Stunde muss ich wieder im Hotel sein, denn dann ruft Mutter an. Ich hole Luft. Ein und aus. Es wird nicht geschehen.

Es ist zum Kotzen, sagt das Mädchen mit der roten Bluse, plötzlich, auf Englisch, aber mit französischem Akzent. *This is bullshit!*

Sie spricht laut. Ihre Nasenspitze ist genauso rot wie die Bluse.

Will denn verdammt nochmal keiner etwas sagen?

Die Mädchen tanzen nicht mehr. Eine von ihnen, sie, die mir früher am Abend zugelächelt hat, beugt sich über den Plattenspieler und versucht, die Musik zu stoppen, aber ohne den Tonarm anzuheben, die Nadel kreischt über die Platte. Z schaut auf und flucht leise. Ein Mädchen nach dem anderen setzt sich wieder auf die Couch und lächelt, wie Schulmädchen, was die meisten von uns ja auch sind.

Das Mädchen in der roten Bluse schüttelt den Kopf. Sie spricht auf Französisch weiter, zeigt auf A und mich. Ich verstehe nicht, was sie sagt, außer, als Claude ihr eine Zigarette anbietet und sie ihn bittet, den Mund zu halten.

A schüttelt den Kopf. A verdreht die Augen. A stöhnt. Z starrt an die Decke, eher genervt als wütend.

Das Mädchen, das die Musik abgeschaltet und seine Platte ruiniert hat, setzt sich neben mich, auf die Armlehne, und flüstert leise auf Englisch, dass das Mädchen in der roten Bluse über mich redet. Das heißt: über A und mich. Alle sehen, was hier passiert, übersetzt sie, alle fucking sehen, was hier passiert, alle wissen, der einzige Grund dafür, dass du in Paris bist und Jobs bekommst, ist, dass A mit dir schläft, unklar warum, sagt das Mädchen, das übersetzt, unklar warum, das Mädchen lächelt verlegen, legt einen Arm um mich, flüstert, damit meint sie, dass du nicht aussiehst wie ein Model, du bist nicht groß, alle arbeiten wie verrückt, rennen von einem Termin zum nächsten mit ihrem Buch, ihrer *Sedcard*, und du bist nicht … du bist nicht …

Das Mädchen in der roten Bluse steht von ihrem Stuhl auf, der ganze lange Giacometti-Körper, majestätische *Grande femme I, II, III und IV* zugleich, zittert, sie redet weiter, A unterbricht sie, er sagt, flüstert das Mädchen, das übersetzt, dass ihr nicht miteinander schlaft, das tut ihr selbstverständlich nicht, *sie ist nicht wegen mir hier* … ist es wahr, was A sagt, flüstert sie, ich nicke und flüstere ja, es ist wahr, ja, ja, ja, alles, was das Mädchen in der roten Bluse sagt, ist falsch. Z macht eine Handbewegung, als wedelte er eine Fliege fort, und dann bittet er das Mädchen in der roten Bluse, den Mund zu halten. Es reicht, sagt er.

Viele Jahre später, während ich dies schreibe, lese ich von den Vergewaltigungsvorwürfen gegen Z. Im Internet finde ich einen Nachrichtenbeitrag. Er ist alt geworden. Über achtzig. Aber er hat immer noch glänzende, braune Haare. Ein Kamerateam, wegen der Pandemie alle mit Mundschutz, sucht ihn auf, während er mit drei anderen älteren Männern in einem Gartenlokal sitzt und Spaghetti isst und Wein trinkt. Der Journalist fragt ihn, ob er die Vorwürfe kommentieren möchte. Einer von Zs Freunden bittet den Journalisten zu gehen. Z isst weiter. Trinkt weiter. Aber dann, als der Journalist nicht aufgibt, sondern eine Frage nach der anderen zu den Ereignissen stellt, die sich mehrere Jahrzehnte vorher abgespielt haben, hebt Z die Hand und macht die gleiche kleine Bewegung, als wedelte er eine Fliege fort, ich kenne sie von dem Abend in seiner Wohnung. Halt den Mund, sagte er zu dem Mädchen in der roten Bluse.

Sie steht abrupt auf. Die Röte breitet sich von ihrer Nasenspitze auf Wangen und Stirn aus.

Ihr seid alle Schweine, sagt sie.

Und dann, zu den Mädchen auf der Couch: Seid keine Huren.

Und zu mir, auf Englisch, und ich erinnere mich so gut an sie, an die rote Bluse, den langen, dünnen Körper, die Röte, und ich habe nie gewusst, ob sie es gut oder schlecht mit mir meinte, ob sie von einem Standpunkt aus sprach, der beschützen oder der verachten wollte: Du hast hier nichts zu suchen, nicht in der Nacht, nicht am Tag, fahr nach Hause.

Mutter stieß auf eine verfilzte Stelle, eine große. Ich hatte viele. Meine Haare waren voller verfilzter Stellen. Sie versuchte sie aufzulösen, ohne mir zu viele Haare auszureißen.

Sie hatte Ohren so groß wie Muscheln, Hände, die verfilzte Stellen entwirren konnten.

Sie konnte einen Kamm immer und immer wieder durch die Haare ziehen, ohne dass es wehtat.

Jetzt ist sie einundachtzig, zweiundachtzig, dreiundachtzig und kann keinen Tee trinken, ohne dass das Porzellan klirrt. Ihre Hände zittern, es liegt an dem Zittern, sagt sie, dass sie weder Mails noch SMS schreiben kann.

Ich sehe sie in einem roten Dior-Kleid von 1970 und mit glänzenden, schulterlangen Haaren vor mir.

Sie geht die Straße hinab.

Die Leute drehen sich nach ihr um.

Sie erzählt, sie habe sich immer ausgeschlossen gefühlt, knochig, unsichtbar. Ich kann das nicht verstehen.

Und sie konnte Geschichten erzählen, ohne ins Buch zu sehen. Sie konnte erzählen und singen und summen (nicht schön, aber mir gefiel es) und auswendig lernen. Wenn sie eine neue Rolle in einem Film oder auf der Bühne hatte, musste sie den Text auswendig lernen. Es war ein großer Teil der Vorbereitung, und obwohl sie es daheim im Wohnzimmer tat oder im Schlafzimmer auf dem Bett saß, war sie auf der Arbeit.

Genauso wie alle, die ins Büro gehen, sagte sie.

Wer denn, sagte ich.

Alle, die ins Büro gehen, wiederholte sie. Ich bin auch auf der Arbeit, sagte sie, *ich bin auf der Arbeit, obwohl ich zu Hause bin. Das begreifen die Leute nicht.*

Manchmal half ich ihr, Dialoge zu lernen. Es passte nicht immer. Im Grunde arbeitete sie besser ohne mich. Ich tat Dinge, die man auf keinen Fall tun soll, wenn man einer Schauspielerin hilft, ihren Text zu lernen. *Ich verstellte mich*. Wenn ich beispielsweise die Dialogzeilen des männlichen Liebhabers las, sprach ich mit tiefer Stimme, als wäre ich ein Mann.

Es ist nicht der Sinn der Sache, dass du Theater spielst, sagte Mutter, du sollst den Text mit normaler Stimme lesen.

Ich las mit normaler Stimme und verfolgte den Text im Rollenbuch, um darauf zu achten, dass sie *ihre* Dialogzeilen exakt so sagte, wie sie auf der Seite standen.

Nein, Mama, unterbrach ich sie, da steht nicht »und«, da steht nur ein Komma.

Ja, aber das ist nicht so wichtig.

Aber, beharrte ich, da steht kein »und«, und du hast

»und« gesagt. Das ist falsch. Soll ich nicht Bescheid sagen, wenn du Fehler machst?

Mutter seufzte.

Wenn du mich ständig unterbrichst, kommen wir niemals durch.

Okay, dann soll ich dir also *nicht* Bescheid sagen?

Doch, du sollst Bescheid sagen, aber nur, wenn es wichtig ist.

Ich verfolgte auch Mutters Mund. Ein Auge auf den Text und ein Auge auf Mutters Mund. Ich flüsterte mir zu: Mamas Mund gibt es.

Mutter hieß in dem neuen Film Jenny. Ich hieß Anna (in der Szene, die auswendig gelernt werden sollte) und war laut Mutter ein Mädchen ungefähr in meinem Alter, oder vielleicht ein paar Jahre älter.

Mutter: Du musst versuchen, mir zu verzeihen.

Ich: Ich verstehe nicht, was du meinst.

Im Rollenbuch steht: *Diese Distanz, diese unüberwindliche Distanz. Jenny ist stumm und wie gelähmt.*

Mutter, die weder stumm noch wie gelähmt ist, hat gesagt, dass ich mich nicht darum scheren soll, was zwischen den Dialogzeilen steht, Bühnenanweisungen, Hinweise für die Schauspieler. Das soll nicht vorgelesen werden. Denk nicht daran, sagte Mutter. Denk nicht daran. Sie atmet durch.

Mutter: Fährst du heute ins Reitlager zurück?
Ich: In einer Stunde geht ein Zug.
Mutter: Hast du genug Geld?
Ich: Ja, danke.
Mutter: Geht es dir gut?
Ich schaute vom Rollenbuch auf.
Aber Mama, sagte ich, das steht da nicht.
Was?
Da steht nicht »geht es dir gut?«, da steht »habt ihr es nett?«. Das sind zwei verschiedene Dinge.
Mutter seufzte und sagte etwas in Richtung Decke.
Stumm und wie gelähmt?
Diese Distanz, diese unüberwindliche Distanz?
Mutter seufzte noch einmal und sagte, okay, meine Liebe, wollen wir es noch einmal versuchen?
Ich nickte.
Mutter: Du musst versuchen, mir zu verzeihen.
Ich: Ich verstehe nicht, was du meinst.

Wenn wir müde waren und nebeneinander in ihrem großen Goldbett lagen und sie glaubte, dass ich schlief, kniff ich die Augen zusammen, ließ sie jedoch einen Spaltbreit offen, durch den ich sie beobachten konnte. Auf die Art bekam ich alles von ihr zu sehen. Sie lag da und las in ihrem Rollenbuch, oder in einem Buch, manchmal sah sie fern. Ich flüsterte leise vor mich hin. Ihre Augen gibt es. Ihre Wangen gibt es. Den Mund (ein wenig offen, ein wenig schlaff, weil er nicht wusste, dass er betrachtet wurde) gibt es. Die Augenbrauen. Die Stirn. Alles gibt es. Die Hände, lang und kühl.

Manchmal, als ich ein Kind und Mutter jung war, taten wir so, als wären wir Elstern. Wir hatten keine Namen. Wir nannten uns nur Elster Nummer eins und Elster Nummer zwei, aber wer von uns wer war, spielte keine Rolle. Wir flogen in der Stadt herum oder hüpften im Park herum und unterhielten uns über alltägliche Dinge. Wir verstellten uns nicht, sondern sprachen mit normaler Stimme.

Mutter ruft aus dem Theater an und erzählt, dass ihre Freundin ein Baby bekommen hat und sie die Patentante des Babys ist.

Du kannst sie morgen besuchen, sagt sie an dem Apparat in der Telefonzelle vor der Garderobe, aber nur, wenn deine Erkältung besser ist. Es ist wichtig, dass du das Baby nicht ansteckst.

Herzlichen Glückwunsch zum neuen Patenbaby, sage ich.

Danke, sagt sie.

Hat es wehgetan, sage ich.

Ein bisschen vielleicht, sagt sie.

Ich meine, als du mich geboren hast?

Ich finde, es hat überhaupt nicht wehgetan, sagt sie, aber ich habe zum Schein ein bisschen geschrien. Ich wollte nicht, dass der Arzt dachte, ich wäre seltsam.

Aha.

Es war der glücklichste Tag in meinem Leben – als du zur Welt gekommen bist.

Okay.

Seit du geboren wurdest, habe ich Angst, dich zu verlieren.

Okay.

Sehen wir uns morgen?

Okay. Können wir jetzt auflegen?

Ja, oder wir sehen uns heute Abend, wenn ich nach der Vorstellung nach Hause komme, aber dann schläfst du schon.

Das Baby, das noch keinen Namen hat, liegt neben der Freundin in einem großen, weißen Krankenhausbett. Mutter ist bereits da und sitzt, die langen Haare in einem Pferdeschwanz, auf der Bettkante.

Die Erkältung macht mich schläfrig und schwer. Ich bin heiß und feucht, vielleicht habe ich Fieber. Ich lege vorsichtig einen Finger unter die Nase, um ein Niesen aufzuhalten. Es ist ein Schauspielertrick. Schauspieler müssen sich darin üben, nicht zu niesen, wenn sie in den Kulissen stehen und auf ihren Auftritt warten – sonst würde das Publikum es hören und ihr Niesen die ganze Vorstellung ruinieren.

Ich bin nicht zur Schule gegangen, aber ohne Mutter etwas davon zu sagen, die früh aus dem Haus ging. Ich habe Aspirin genommen und mich geschminkt, damit mir im Krankenhaus niemand ansieht, dass ich krank bin. All das – *Tricks.* Ich beherrsche Tausende von ihnen.

Mutters Freundin hat sich darin geübt zu stillen (anscheinend ist das auch etwas, worin man sich üben muss), es tropft ein wenig Milch aus ihren Brüsten, sie sind nicht bedeckt, die Brüste sehen lebendiger aus als das Baby. Die Freundin schiebt ihre Brüste in den Bademantel. Obwohl meine Nase verstopft ist, nehme ich wahr, dass es süßlich riecht, und ein wenig nach Koteletts. Haben alle frischgebackenen Mütter am Vormittag Fleisch zu essen bekommen? Habe ich nicht gelesen oder gehört oder hat man mir nicht erzählt, dass Frauen, die gerade ein Kind zur Welt gebracht haben, sehr viel Fleisch essen müssen? Ich hole Luft. Hallo, sage ich. Es liegen noch zwei andere Frauen in dem Zimmer. Sie haben ihre Babys nicht bei sich. Es ist wichtig, dass die Mütter sich nach der Geburt ausruhen dürfen. Die Freundin sieht auf und lächelt und sagt Hallo. Die anderen Frauen im Zimmer sehen auf und lächeln und sagen Hallo. Mutter sieht auch auf, aber sie lächelt nicht, und sie sagt nicht Hallo. Die ganze Mutter sitzt dort auf der Bettkante und sieht mich an und ist vollkommen still.

Aber vorher, ehe ich die Straßenbahn zum Krankenhaus genommen habe, ging ich in Mutters Zimmer und setzte mich an Mutters Schminktisch, der eine Glasplatte und einen dreiteiligen Spiegel hat. Ich konnte mein Gesicht aus verschiedenen Winkeln sehen. Ich hatte Gesichter, von denen ich nichts geahnt hatte.

Es gibt eine Hässlichkeit in den Gesichtern unserer Familie, sagte Mutter einmal.

Ich cremte das ganze Gesicht mit weißer Schminke ein.

Sie heißt getönte Tagescreme, aber von der, die bei Mutter auf dem Schminktisch steht, wird man nicht braun, sondern weiß, auf der Flasche steht *ivory*, was Elfenbein bedeutet.

An der Wand im Wohnzimmer der Wohnung in Oslo hängt ein Frauengesicht, eine japanische Theatermaske.

Nō, sagte Mutter.

Mutters Hände entwirren verfilzte Stellen und packen die Maske aus dem Seidenpapier aus. Die Maske soll hoch hängen, sagte sie. Mutter schob einen Stuhl an die Wand, stieg darauf und hämmerte Nägel durch die Tapete. Die Nägel wurden krumm oder plumpsten auf den Fußboden. Es dauerte lange, Mutter hämmerte und hämmerte.

Mutter sagte, manche Masken bedeuteten Unglück und manche bedeuteten Glück, und dass diese Glück bedeutete. Es ist möglich, dass sie sich irrte.

Vielleicht irrst du dich, Mama, was glaubst du?

Vielleicht nahm sie die Maske, die Unglück bedeutete, in dem Glauben, dass sie Glück bedeutete. Oder hatte der Mann, der ihr die Maske verkaufte, sie getäuscht?

Es ist eine wertvolle Maske, sagte sie, hergestellt aus Zypressen und zerstoßenen Muscheln, handbemalt von einem Künstler mit sehr kleinen Händen.

An dem Tag im Krankenhaus mit elfenbeinweißer Schminke im Gesicht sah ich aus wie Nō. Wir dürfen das

Baby nicht anstecken, sagte Mutter mehrfach. Das Baby war zweiundvierzig Stunden alt, das Einzige, was es hinbekam, war, soweit ich sehen konnte, die Zunge herauszustrecken. Mutters Freundin war zweiundvierzig und eigentlich zu alt, um Kinder zu bekommen. Das war jedoch nichts, was ich laut aussprach. Ich war generell vorsichtig mit dem, was ich laut aussprach. Es ging häufig schief. Ich setzte mich neben Mutter behutsam auf die Bettkante und nahm die Hand des Babys in meine. Die Hand war nicht größer als der große Zeh eines Mannes.

Mutter sagte: Hat sie nicht wunderschöne Augen, sind sie nicht wunderschön.

Es war typisch für sie, solche Wörter zu sagen. *Augen. Wunderschön.* Das Licht vom großen Fenster fiel auf das Krankenhausbett und die zwei Frauen und Mutters Patenbaby.

Was hast du eigentlich mit deinem Gesicht gemacht, sagte Mutter.

Ich schüttelte den Kopf.

Hast du dich *geschminkt*, sagte sie. Du weißt, dass du das nicht darfst. Hast du meine Schminke benutzt?

Mutter spuckte auf ihre Finger, *pt, pt*, und begann zu reiben. Erst über meine Wangen, dann unter den Augen.

Spuck nicht, sagte ich. Igitt. Das ist eklig.

So kannst du nicht herumlaufen, sagte Mutter. *Pt*!

Sie spuckte noch einmal auf ihre Finger und rieb weiter.

Wenn das Baby Schmutz im Gesicht hat und ihr es mit

Spucke wascht, werde ich es beschützen, sagte ich, vor euch.

Mutter und ihre Freundin lachten – und daraufhin lachte ich auch.

Ich sah das Baby an. Es schlief und streckte die Zunge heraus. Manche sagen, dass Kinder ihre Eltern wählen. Ich weiß nicht. Damit bürdet man einem Kind eine große Verantwortung auf.

Wann fängt eigentlich die Arbeit an, es hinzubekommen – leben, sprechen, verstehen?

Mutters Freundin legte das Baby vorsichtig in Mutters Arme.

Ich muss auf die Toilette, sagte sie. Könnt ihr kurz aufpassen. Und damit mühte sie sich aus dem Bett und wackelte, watschelte, wankte aus dem Zimmer.

Mutter und ich saßen ganz still auf der Bettkante und betrachteten das Baby. Nach einer Weile legte Mutter ihre Stirn an meine Stirn.

Ich glaube, du hast Fieber, sagte sie.

Nein, sagte ich und schüttelte den Kopf.

Ich bin nur sehr kaputt, sagte ich und begann zu weinen.

Viele Jahre später las ich einen Artikel darüber, wie wichtig die allererste Stunde nach der Geburt für das Baby ist, über all die Arbeit, die ein Neugeborenes leisten muss.

Alles geschieht zwischen null und eins. Das Baby hatte zweiundvierzig Stunden gelebt, als ich damals seine Hand hielt. Ich wusste nicht, dass es da bereits eine alte Seele war. Erst weinen, stand in dem Artikel, dann ruhen, dann aufwachen, dann Glieder und Kopf bewegen, sich dann zur Brust der Mutter schieben, dann noch einmal ruhen, sich dann mit der Brust vertraut machen, dann saugen, dann schlafen.

Und jedes Mal, wenn ich ein Mädchen sehe, das die Straße auf und ab geht und leise und verbissen mit sich selbst spricht, möchte ich eine Hand ausstrecken, ihr über die Stirn streichen und fragen, *ist alles in Ordnung, hast du dein Telefon verloren, kann ich dir helfen*, aber ich tue es nicht, es ist nicht gesagt, dass sie das wirklich will. Ich weiß ja, wenn Menschen schlafwandeln, soll man sie schlafen lassen und nicht wecken. Wenn jemand einen Anfall hat (Panikattacke, Epilepsie), soll man nicht versuchen, ihn gewaltsam daraus zu befreien.

Ich war nie gut darin, zwischen dem zu unterscheiden, was wirklich passierte, und dem, was passiert sein *könnte*. Die Konturen sind verschwommen, und Mutters Gesicht ist eine große, weiße Wolke über dem Ganzen. Lange, bevor ich sechzehn wurde – lange vor dem Winter 1983 in Paris – träumte ich, ich wäre alle meine vier Puppen gleichzeitig, und dass unsere Herzen schlugen und schlugen wie die Uhren bei einem alten Uhrmacher. Von all dem Schlagen wurde mir schwindlig. Das ist es vielleicht, woran ich mich aus der Zeit, als ich ein kleines Mädchen war, am besten erinnere. Mir war ständig schwindlig. Ich fiel häufig in Ohnmacht. In der Schule. Beim Ballett. Fiel. Und wieder. Fiel. Und wieder. Fiel. Wie eine Choreografie für alle Ewigkeit. Schürfwunden, Beulen an Kopf und Stirn, verstauchte Glieder. Mit der Zeit lernte ich, mich abzufangen. Hast du mir dabei geholfen? Mutter sagte immer, ich hätte einen Schutzengel, der auf mich aufpasste. Sagte sie das, weil sie merkte, dass du in der Nähe warst, wusste sie, dass es dich gab, dass du ihres warst? Woran ich mich aus jener Zeit am besten erinnere – als ich dauernd ohnmächtig wurde –, sind nicht die Schürfwunden, sondern das Erstaunen darüber, dass ich fort gewesen war. Nicht lange, aber lange genug, dass es mich nicht gab.

In einem Punkt war ich mir ziemlich sicher: Wenn ich sechzehn war, würde sich alles lösen. Ich brauchte nur Mutter anzuschauen. Die Art, wie sie von Zimmer zu Zimmer ging und die Blicke ihr folgten. Mutter bemerkte diese Blicke und sorgte dafür, dass sie unaufhörlich ins Auge fiel. Alle, die sie sahen, waren von ihrer Schönheit gefesselt, wurden von der Lust gepackt, sie zu küssen oder zu schlagen oder beides.

Ich war acht, neun, zehn, elf, zwölf, dreizehn und hatte einen Körper, der niemanden fesselte.

Mutters Körper war für mich viel wirklicher als mein eigener Körper. Nichts an ihm entging mir. Ihr weicher Bauch, in den ich den Kopf bohren konnte, die blasse Haut, die Sommersprossen auf den Schultern und im Gesicht, die langen, rotblonden Haare. Ich würde niemals so werden wie sie. Ich hatte nichts von ihrem Weichen. Ich war klein und mager, an meinem Körper gab es keine einzige Stelle, auf der andere Menschen ihren Kopf ruhen lassen konnten. Also ja, ich brauchte etwas mehr als diese Ansammlung von Knochen und Knöcheln, hellen, dünnen Haaren, langen Fingern und vollen Lippen, das ich und nur ich war.

Eine Weile warst du meine heimliche Schwester, du warst wirklich, nicht embryonal und gestaltlos wie jetzt.

Ich war noch ein Kind und musste beschützt werden, es war nicht möglich, einfach in die Welt hinauszugehen und sich Arbeit und ein Dach über dem Kopf zu besorgen. Kann ich hier wohnen? Nein, du bist ein Kind und musst zu Hause wohnen. Kann ich hier arbeiten? Nein, du bist ein Kind und musst in die Schule gehen. Du kannst nicht verbergen, dass du ein Kind bist. Du würdest dir wünschen, du könntest es. Du würdest dir wünschen, du wärst älter – eine, die ohne zu blinzeln sagte, fass mich nicht auf diese Art an, fass mich nicht auf diese Art an, aber du bist dreizehn und kannst nichts.

Geh nach Hause, kleines Mädchen. Die Erwachsenenwelt ist noch nicht bereit für dich.

Dein Körper steht dir im Weg, selbst wenn er am schönsten und jugendlichsten ist. Übrigens, als du dreizehn bist, bringt es keiner über sich, dich anzuschauen. Jugendlich und schön kommt in ein paar Jahren. Jetzt ist dein Körper kindlich und streichholzdünn.

In der Wohnung in Oslo wird eine Party gefeiert. Mutter ist die Gastgeberin. Ein Gast nimmt meinen Arm und drückt ihn fest und flüstert mir ins Ohr (er ist mir so nah, dass ich die Sprünge in seinen Stimmbändern höre), eines Tages wirst du bezaubernd sein – das kann ich an deinem Hintern sehen.

Wie kannst du das sehen, frage ich.

Weil du schon jetzt einen hübschen Hintern hast, antwortet er.

Der Mann wird der Sattler genannt, weil er eine Haut wie Leder hat.

Männer, die Frauen lieben, sagt er, lassen sich in zwei Kategorien einteilen, es gibt diejenigen, die Hintern mögen, und diejenigen, die Brüste mögen, und ich, sagt er, ich bin ein Hinternmann.

Ich biete roten Punsch aus einer großen Glasschüssel an. Mein Job, für den ich zwanzig Kronen bekomme, besteht darin, hinter einem kleinen Tisch zu stehen und Punsch aus der Schüssel ins Glas einzuschenken. Mutter bewegt sich durch den Raum und duftet himmlisch. Ich weiß nicht, ob es ihre Haare oder die Hände oder der Hals oder ihr Lachen ist, was immer so gut riecht. Vielleicht kannst du die Gläser füllen, sie auf ein Tablett stellen, herumgehen und sie den Gästen anbieten, sagt sie, und nicht bloß darauf warten, dass die Gäste zu dir kommen. Das Wort ist *atemlos*. Mutter hat etwas Atemloses an sich, als sie sich an meinem Tisch vorbeibewegt. Ich tue, was sie sagt, und während ich mit einem Tablett voller klirrender Gläser durch den Raum gehe, packt der Sattler meinen

Arm, hält mich fest und beginnt zu flüstern. In den Gläsern schwappt es, aber sie kippen nicht um. Du wirst ein bisschen Zeit brauchen, sagt er. Vielleicht zwei Jahre, vielleicht auch drei, aber ich kann es jetzt schon sehen. Er saugt meinen Duft ein, als wäre ich ein Getränk. Keinen Punsch. Den will er nicht haben. Er rümpft die Nase und fragt, ob meine Mutter nichts Besseres anzubieten habe. Einen Whisky. Nicht diese Plörre. Es ist das erste Mal, dass mich ein Mann ansieht und mir erzählt, was er sieht. Ich gehe vorsichtig über den Wohnzimmerboden, überall sind Menschen, einige kenne ich, einige habe ich nie zuvor gesehen, das Licht ist gedämpft, Mutter hat eine Platte aufgelegt, »Killing Me Softly« mit Roberta Flack, sie trägt ein langes, violettes Kleid, das sie Kaftan nennt, ich balanciere das Tablett mit den Punschgläsern auf erhobener Hand wie eine echte Kellnerin, ich weiß, dass der Sattler mich ansieht, und drehe mich um und lächele ihn an. Ich vergesse nicht, den Mund zu schließen. Ein kindliches Lächeln hätte alles zunichtegemacht.

Aber dann: vierzehn. Mutter und ich sind viele Jahre zwischen den USA und Norwegen gependelt, erst hier, dann dort, Mutters Arbeit bestimmt, wo wir wohnen, und jetzt sind wir zurück in New York. Diesmal werde ich *nicht* in einem gelben Haus mit zwei schwedischen Kindermädchen draußen in der fucking Wildnis wohnen wie beim letzten Mal. Mutter und ich werden in derselben Stadt, in derselben Wohnung leben, in einem Gebäude an der West side mit einem grünen Baldachin über dem Haupteingang.

Du und ich –

Du und ich haben einander versprochen, das ganze Leben zusammenzubleiben, aber jetzt, als ich vierzehn bin und in New York lebe, kommst du nicht mehr so oft wie früher. Für unsichtbare Schwestern bin ich zu alt geworden. Doch eines Tages bist du trotzdem gekommen, in mein Zimmer, hast dich mit mir aufs Bett gesetzt und gesagt: Sei still und horche auf alles, was geschieht.

Ich legte den Zeigefinger auf den Mund.

So?

Ja, sagtest du. Genau so. Wenn du still bist und alles verfolgst, was geschieht, und dir nichts entgeht, dann weißt du, wann etwas, das sicher und geborgen ist, gefährlich wird, nicht wahr?

Ja.

Du weißt es, *bevor* es geschieht, und dann kannst du etwas dagegen tun.

Ja.

Weißt du, was die Bergregeln sind?

Ja.

Es sind Regeln dafür, wie man in den Bergen wandert.

Aber wir wandern nicht in den Bergen, sagte ich, jedenfalls nicht in New York.

Ich legte mich mit deinem Kopf in meinem Schoß aufs Bett.

Was ich zu sagen versuche, sagtest du und beugtest dich über mich. Es war fast so, dass ich deinen Atem auf meinen Lippen spürte.

Was ich zu sagen versuche, ist, dass jemand Regeln dafür aufgestellt hat, wie man in den Bergen wandern soll, die auch darauf angewendet werden können, wie man durch die Welt wandert.

Ich hob den Kopf.

Du saßt dort leibhaftig, eine ganz andere als ich.

Ich schüttelte den Kopf.

Was ich meine, sagtest du, ist, dass du dir Gefahren als unterschiedliche Arten von Wetter vorstellen kannst.

Okay.

Was ich meine, sagtest du, ist, wenn du *vorbereitet* bist, und *aufpasst*, dann geht es im Großen und Ganzen gut.

Im November 2019 lag die globale Temperatur fast ein Grad über dem Durchschnitt.

Nicht nur auf der Erde, schrieb Eva in einer SMS. Sondern auch im Meer.

Es war fast Weihnachten, und im Internet stand etwas über einen Mann, der mit einem neuen Virus ins Krankenhaus eingewiesen wurde.

Dann kam noch eine SMS von Eva:

Das ist die zweitwärmste November-Temperatur, die jemals gemessen wurde.

Aber vorher, lange bevor Eva mir Nachrichten über einen viel zu warmen November schickt, wird Klaus Barbie, der Kriegsverbrecher, der Schlächter von Lyon, in Bolivien verhaftet und nach Frankreich ausgeliefert. Der französische Verteidigungsminister Charles Hernu, der zwei Jahre später wegen der Sprengung des Greenpeace-Schiffs *Rainbow Warrior* zurücktreten muss, äußerte im Zusammenhang mit Barbies Ergreifung, man sei verpflichtet zu hoffen, *dass die Hände der Gerechtigkeit am Ende diejenigen packen, die für schreckliche Verbrechen verantwortlich sind.* Das sechzehnjährige Mädchen, das manchmal Karin genannt wird, denkt an völlig andere Dinge, auch wenn sie in den Fernsehnachrichten von der Verhaftung hörte, ehe sie aus New York abgereist ist. Jetzt sitzt sie in Zs spektakulärer Wohnung auf der Couch. Auch er wird viele Jahre später von der Vergangenheit eingeholt, als zehn Frauen ihm sexuelle Übergriffe, Vergewaltigung und Menschenhandel vorwerfen. Dass ihn eines Tages so etwas – *die Hände der Gerechtigkeit* – ereilen könnte, kommt ihm nicht in den Sinn. Es kommt niemandem in den Sinn. Den Männern nicht, den Mädchen nicht. Es ist eine andere Zeit.

Ich erinnere mich an das Mädchen, das alles übersetzte, was auf Französisch gesagt wurde, wie sie wippend auf der Armlehne saß, sich zu mir herabbeugte, einen dünnen Arm um meine Schulter legte und mir ins Ohr flüsterte.

Stimmt es, dass du mit A schläfst?

Nein.

Stimmt es, dass er dich für die französische Vogue fotografieren will?

Nein, oder, ich weiß es nicht, vielleicht, wenn es morgen gut läuft.

A sagt nichts zu mir. Ich sitze weiter neben ihm, er hat sich zurückgezogen. Jemand legt noch einmal »Down Under« auf.

Nein, nicht das, ruft Z und macht die gleiche kleine, genervte wedelnde Bewegung mit der Hand, nicht das schon wieder.

Er steht langsam auf und stolziert wie ein wesentlich

älterer Mann zur Stereoanlage und legt eine andere Platte auf.

Claude spreizt in dem großen Sessel die Beine und streicht sich mit einer Hand durch die Haare.

Das Übersetzermädchen beugt sich über mich und flüstert: Wollen wir gehen?

Ich schaue zu ihr auf. Sie lächelt.

Gehen? Wohin denn?

Das Mädchen nickt zu einem der anderen Mädchen hin, das ebenfalls nickt.

Das andere Mädchen hat ganz kurze Haare wie Mia Farrow in *Rosemary's Baby*. A hat sie viele Male angesehen.

Raus, sagt das Übersetzermädchen, in die Stadt, aber erst zu uns nach Hause, du möchtest dich vielleicht umziehen?

Ich weiß nicht.

A kehrt mir den Rücken zu.

Das andere Mädchen, die Freundin der Übersetzerin, die ich Mia nenne, steht auf und lächelt Z an, der ihr über den Hintern streicht. Sie lacht und küsst ihn auf die Wange.

Wir hauen ab, sagt das Übersetzermädchen.

Ich stehe auf.

A dreht sich um.

Wo willst du hin, sagt er leise.

Ich will raus, ich gehe mit …

Sie geht mit uns aus, in die Stadt, sagt das Übersetzermädchen und lächelt A an.

Bist du sicher, sagt A, es ist unklar, ob er zu dem Übersetzermädchen oder zu mir spricht.

Da ist sie sich ganz sicher, nicht wahr?, sagt das Übersetzermädchen.

A lächelt.

Ist sie sicher, dass sie in Paris den Weg findet. Soweit ich weiß, ist sie heute erst mit dem Flieger aus New York gekommen?

Darum kümmern wir uns, sagt das Übersetzermädchen.

Mia kommt zu uns, nimmt meine Hand. Die beiden Mädchen ragen über mir auf.

Wir nehmen sie jetzt mit, sagt Mia zu A.

Z hebt den Blick und sieht mich zum zweiten Mal an diesem Abend an. Ich versuche ihn anzulächeln. A hat gesagt, es sei wichtig, dass Z möge, was er sieht. Wichtig für meine Zukunft. Z lacht kurz und kalt – und dann sieht er mich nie wieder an.

Zu Hause bei dem Übersetzermädchen. Mia wohnt auch dort. Und drei andere Mädchen, aber sie sind nicht da. Es ist elf Uhr abends. Überall liegen Kleider. Im Bad sind die Fliesen schmutzig weiß, an einer Leine über der Badewanne hängt Wäsche zum Trocknen, und im Waschbecken liegen Schminkutensilien.

Ich werde dich schminken, sagt das Übersetzermädchen.

Du kannst dir auch Kleider von mir leihen, sagt sie und wühlt in einem Haufen auf einem der Betten.

Mia hat Gin und Tonic herausgestellt und sich an den Esstisch gesetzt und eine Zigarette angezündet. Die kurzen Haare verleihen ihr einen Zug von Unnahbarkeit.

Ich wollte fragen, sage ich und spüre Schwindel und Übelkeit wie eine Welle heranrollen, als ich aus dem Glas trinke, das mir das Übersetzermädchen gereicht hat. Mein Kopf hat sich irgendwie vom Körper gelöst. Es ist eigenartig. Ich wollte fragen, ob ich eine Scheibe Brot oder einen Keks oder so etwas bekommen kann, sage ich.

Mia steht mit der Zigarette im Mund auf, gleitet über den Fußboden zu der vollgestellten Küchenplatte, findet in einer Tüte ein Baguette und schneidet es in kleine Scheiben. Im Kühlschrank entdeckt sie eine Banane, dreht sich um und sagt: Ich kann dir ein paar Scheiben mit Butter und Banane machen. Ich bin bei meiner Großmutter aufgewachsen, sie hat mir immer Brote mit Butter und Banane gemacht, natürlich nicht mit fucking Baguette, sondern mit richtigem Brot, dicke Stullen, warm, direkt vom Bäcker. Sie ist so stolz auf mich. Hier bin ich und arbeite als Fotomodell mit den allergrößten Fotografen zusammen und verdiene mein eigenes Geld.

Sie stellt einen Teller mit Baguette und Banane vor mich hin. Arbeite an jedem einzelnen Tag, verstehst du, sagt sie, versuche, ein *break* zu bekommen. Die Zigarette baumelt an ihren Lippen. Sie ist fast zwei Meter groß.

Iss, dann wird dir nicht so schwindlig.

Ich esse das Baguette, es ist hart, kalt, die Banane ist überreif, es schmeckt gut.

Danke, sage ich, und Entschuldigung.

Du brauchst dich nicht zu entschuldigen, flüstert das Übersetzermädchen. Ich glaube, was du brauchst, ist Lippenstift. Und ein anderes Kleid.

Was ist mit dem hier, sagt sie, fast wie Seide, und es ist so kurz, dass du deine Beine zeigen kannst. Du hast schöne Beine, du solltest sie mehr zeigen.

Mia setzt sich wieder an den Esstisch, zündet sich eine neue Zigarette an.

Das Übersetzermädchen bittet mich, sie ins Bad zu begleiten. Wenn du pinkeln musst, kannst du es da machen, sagt sie und zeigt auf das Bidet, wenn du richtig aufs Klo musst, brauchst du einen Schlüssel, fährt sie fort, das WC ist im Hausflur.

Ich muss nicht …

Ich liebe es, andere zu schminken, sagt das Übersetzermädchen.

Ich setze mich auf den Rand des Bidets. Sie nimmt mein Kinn und cremt mein Gesicht mit Foundation ein.

Hattest du so einen großen Puppenkopf, als du klein warst, mit so langen Haaren? Und dann waren noch Schminke und eine Haarbürste dabei?

Ein großer Kopf ohne den Körper, sage ich.

Ich habe mir so eine Puppe immer gewünscht, sagt das Übersetzermädchen und betont jedes einzelne Wort, aber schau, was ich aus dir machen kann. Erst die Augen, dann die Lippen, dann die Haare.

Voilà, sagt sie zwanzig Minuten später, es ist fast Mitternacht. Sie bittet mich aufzustehen und in den Spiegel über dem Becken zu schauen.

Ich finde es ein bisschen kräftig, sage ich. Der Mund ist groß und rot, wie ein Apfel. Das Übersetzermädchen sagt, wo wir hinwollten, sei es dunkel, und dann müsse man stark geschminkt sein.

Es gibt einen Unterschied zwischen Tag und Nacht, dunkel und hell, sagt sie.

Ich nicke.

Das Übersetzermädchen legt die Arme um mich und flüstert: Wenn du willst, können wir Freundinnen sein. Du und ich. Willst du das? Sag, dass du es willst.

Die Diskothek ist groß, voll, dunkel und heiß.

Nein. Nicht *dunkel*, sagt das Mädchen, das ich einst war. Du siehst mich doch!

Die Hitze ist wie eine Wand, aber die Dunkelheit wird von schweifenden Lichtern in Grün, Rot und Lila auf den Gesichtern, den Körpern zersplittert.

Du siehst mich, nicht?

Ein betrunkener Mann versucht, mir das Kleid auszuziehen, das Kleid, das ich mir von dem Übersetzermädchen geliehen habe.

Ich will dich nackt sehen, sagt er, ich will dich hier auf der Tanzfläche nackt sehen.

Weg damit, weg.

Ein weiterer Mann kommt. Auch er in einem dunklen Anzug. Für einen Moment glaube ich, der andere Mann werde den ersten verprügeln, er sieht so zielstrebig aus, aber er stellt sich hinter mich, direkt hinter mein Rückgrat, und legt seine Hand zwischen meine Beine, flüstert auf Englisch: *Du bist feucht.*

Ich schüttele den Kopf.

Ich stoße ihn weg, stoße beide weg, zwänge mich durch die Körper auf der Tanzfläche, das Licht, die Musik, und finde Mia und das Übersetzermädchen, die mit Freunden zusammensitzen, Männern und Frauen, die sie hier getroffen haben, vor langer Zeit getroffen haben, getroffen haben, nachdem ich auf die Tanzfläche ging. Ihre Freunde haben einen großen Tisch – sie haben Stühle, Champagner, Zigaretten, Kokain, dunkle Anzüge, Hemden, Krawatten, lange, schlanke Beine, Lachen, Schmuck.

Die beiden Männer folgen mir. Alle kennen sich. Sie grüßen jeden am Tisch. Sie grüßen Mia. Sie grüßen das Übersetzermädchen.

Der eine Mann sieht mich an und grinst und sagt jedem, der es hören will: Sie ist feucht. Alle lachen. Feucht und bereit. *Er irrt sich.* Ich sehe die Männer und die Frauen an, die Mädchen am Tisch. *Ich bin nicht …* Mia zündet sich eine Zigarette an und beugt sich über den Tisch und flüstert so laut, dass alle es hören können, *dummes, kleines Mädchen, wenn du es nicht aushältst, angefasst zu werden, hast du hier nichts zu suchen.*

Ich halte es aus, angefasst zu werden, sage ich.

Draußen ist es Nacht, es schneit. Mein Mantel ist blau, mit einem Gürtel um die Taille. Die Mütze ist rot. Ich weiß nicht, wo ich bin. Ich kam mit den Mädchen und dachte, ich würde auch mit ihnen gehen. Ich lehnte mich über den Tisch und fragte das Übersetzermädchen, ob wir gehen könnten, ob sie mich jetzt begleiten wolle, ob sie und ich zu ihrer Wohnung zurückgehen könnten, vielleicht konnte ich diese Nacht bei ihr schlafen, die Musik wummerte, sie schüttelte den Kopf und lachte, ich verstehe nicht, was du sagst, rief sie und machte eine Bewegung mit den Armen, um zu zeigen, dass es unmöglich war, bei der Musik, dem Lachen, den Lichtern und dem Rauch etwas zu hören. Ich stand auf. Ich zog den Mantel an. Als ich an ihr vorbeiging, packte sie mich am Handgelenk, stand ebenfalls auf und schloss mich in die Arme. Dann setzte sie sich wieder.

Ich gehe einen Bürgersteig hinab. Und wieder hinauf. Ich weiß nicht, wo ich bin.

Soll ich dir erzählen, was in jener Januarnacht 1983 in Paris passierte?

Ich fand den Weg nicht.

Ich erinnerte mich nicht an die Adresse des Hotels und nicht an seinen Namen. *Eine besorgte Hotelangestellte. Ein großer, vergoldeter Schlüssel. Überall Katzen, in der Lobby und auf den teppichbelegten Treppenstufen. Ein gemachtes Bett in der dritten Etage.* Ich hatte As Adresse auf einen Zettel geschrieben. Er riss ein Blatt aus einem Buch, aus einem Roman, glaube ich, ich weiß nicht, aus welchem, und bat mich, seine Adresse und Telefonnummer zu notieren.

Aber wie gesagt: Selbst wenn mir Passanten, Hundebesitzer und andere nächtliche Flaneure helfen wollten, konnten sie es nicht, *hast du irgendeine Ahnung, wohin du musst*, was sollte ich darauf antworten, *nein, ich weiß es nicht*, und dann begegnete ich dem Mann, der nicht aufgab, dem mit dem roten Schal. Er konnte kein Englisch und ich konnte kein Französisch, aber er ging nicht weiter wie alle anderen. Er redete und redete und schüttelte den Kopf. Ich redete auch und schüttelte den Kopf.

Er wollte mir wirklich helfen, glaube ich.

Am Ende fand ich den Zettel mit As Adresse in der Manteltasche, und dann, nachdem er etwas in der Art gesagt hatte, wie, warum hast du mir den nicht gleich gezeigt, begleitete er mich den ganzen Weg bis zur Tür.

Heute ist mir etwas eingefallen. Ich möchte dir von Ruhe erzählen. Sie kommt ebenso unerwartet wie Freude, oder wie Schlaf, wenn du geglaubt hast, du würdest keinen Schlaf finden, oder Lachen, oder wie das Mädchen, von dem du nicht wusstest, dass es in der Nähe war, dass die Treppen hoch- und runterläuft, an alle Türen klopft und nach dir fragt. Es hilft nicht immer zu atmen. Es ist nicht gesagt, dass es dir gelingt, auf die richtige Art zu atmen, aus dem Bauch heraus, im Quadrat und mit langem Ausatmen, nur weil du weißt, dass du es so machen sollst. Der Hund ist noch älter geworden. Er kann nicht bis in alle Ewigkeit leben. Das ist es, was ich will. Dass er länger lebt. Seine Beine sind dünn und steif, es ist jedes Mal eine etwas umständliche Aktion, wenn er aufsteht oder sich neben mir ins Gras legt. Wir gehen jeden Tag spazieren. Sein schwarzes Fell glänzt. Das Fell sagt viel darüber aus, wie es einem Hund geht, und das Fell ist schön. Wir finden nirgendwo Schatten. Selbst unter den Ulmen nicht. Nichts ist wie früher, als er und ich zu einem Spaziergang aufbrachen, ohne uns Gedanken darüber zu machen, wie lange wir fort sein würden, aber jetzt will er an allem schnuppern, er will in seinem vierzehnten Jahr keinen einzigen Duft verpassen. Daheim, in den kühlen

Räumen, in denen der Hund und ich mit meinem Mann und Eva leben, fülle ich die Wasserschale und stelle sie auf den Boden. Er senkt den Kopf und trinkt.

Wenn du gelebt hättest, wenn du wirklich gewesen wärst, hätten wir zusammenstehen und dem Geräusch des Hundes lauschen können, der Wasser trinkt. Er schlürft es auf, *dlatt, dlatt, dlatt*, es ist das schönste Geräusch, das ich kenne, und vollkommen unübersetzbar.

Die rote Mütze kratzt. A geht einige Schritte auf mich zu und schnappt sie sich, legt sie auf den Tisch am Fenster. Ein runder Tisch und zwei Stühle. Dort frühstückt er morgens, und nun liegt dort, statt einer Vase mit roten Mohnblumen, meine Mütze und sieht dämlich aus. Er setzt sich auf einen der Stühle. Er sieht auf die Uhr. Streckt den Arm aus und zeigt mir das Zifferblatt.

Wie viel Uhr ist es, fragt er.

Ich lehne mich vor und schaue.

Halb drei, sage ich.

Halb drei Uhr *nachts*, sagt er.

Ich stehe aufrecht auf dem Holzfußboden, den blauen Mantel straff um die Taille gebunden.

Findest du nicht, dass es etwas spät ist, um vorbeizukommen und zu klingeln?

Doch, das finde ich.

Er zieht mich an sich.

Halb drei, sagt er.

Ich lege die Arme um seinen Hals.

Ich habe mein Hotel nicht gefunden und erinnere mich nicht an seinen Namen, und dann hatte ich den Zettel mit deiner Adresse in der Tasche. Ich gebe ihm den Zettel.

A spielt mit einem roten Mützenfussel auf meinem Mantelkragen.

Vielleicht hättest du dich einfach an mich halten und nicht versuchen sollen abzuhauen?

Ich habe nicht versucht abzuhauen.

A spielt weiter.

Ah, sagt er, wollen wir mal sehen, was wirklich passiert ist. Wir waren bei Z. Ich wollte dich nach Hause fahren. Zu deinem Hotel. Aber du hast gesagt, dass du lieber mit den Mädchen ausgehen willst. Du hast gesagt, dass du allein zurechtkommst.

Ich habe mich geirrt. Es tut mir leid, dass ich dich geweckt habe.

A sieht mich an und lächelt. Er greift nach meinem Gürtel, löst langsam den Knoten.

Von der Sechzehnjährigen ist in dem Körper, mit dem ich heute herumlaufe, nichts geblieben, nur eine Verbrennung unter den Brüsten, rotbraune Flecken, als hätte sich der prähistorische Vogel um mich herumgeschlichen. Manchmal stelle ich mir vor, dass du der Vogel bist. Groß und rot. Dass der Druck, das Zittern, das Schweben an dir liegt. Starker Wind, Hitze und Dürre haben die Waldbrände in Australien angefacht. Über eine Milliarde Tiere sind tot. Auf den Bildern ist der australische Himmel orange.

Es ist Januar 2020, siebenunddreißig Jahre, nachdem ich nach Paris gereist bin, um von A fotografiert zu werden. Ich bin mir sicher, dass er sich nicht an mich erinnert. Was wäre, wenn ich ihm eine Mail schickte. Lieber A. Erinnerst du dich an mich? Das Mädchen mit den nackten Schultern und den langen Ohrringen? Hast du noch das Bild, das du von mir gemacht hast?

Der Torshovpark liegt wie eine gigantische Kniescheibe in der Landschaft, umgeben von blassgelben Mietshäusern, die hoch im Viertel zu schweben scheinen, eingerahmt von der Agathe Grøndahls gate im Norden, der

Johan Svendsens gate im Südosten, der Hegermanns gate im Süden und der Per Kvibergs gate im Westen. Die großen, nackten Laubbäume sehen aus, als spiegelten sie sich im Wasser – als sähe ich ihre Spiegelbilder und nicht die Bäume selbst. Der ganze Park wirkt irgendwie auf den Kopf gestellt. Ich habe oft gedacht, dass ich die Bäume zählen werde, und manchmal habe ich es auch versucht, eins, zwei, drei, vier, aber nach einer Weile denke ich an etwas anderes und muss wieder von vorn anfangen. Im Januar sind die Sonnenuntergänge so spektakulär, dass Menschen herbeiströmen, um sie zu sehen. Man könnte meinen, wir befänden uns auf der Isle of Skye in Schottland oder in Langhammars auf Fårö oder am Taj Mahal in Indien, alle berühmt für ihre Sonnenuntergänge, aber wir sind nur hier, in Oslo, in Torshov, in dem nicht sagenumwobenen Kopfüber-Park, benannt nach dem Stadtteil. Ich stehe oft am Küchenfenster und beobachte die Menschen, die herbeiströmen, um die glühende, glimmende Wintersonne zu sehen, wie eine fieberheiße Kinderwange am Himmel, eine große Wange, die Wange eines Riesen, die fieberheiße Wange eines Kinderriesen. Es sieht so warm aus, aber es ist erst Januar, und draußen ist es kalt und bald ganz dunkel.

Du – ja *du du du* – sitzt in der Brust, im Hals, im Bauch, ein großer, roter Vogel mit orangen Federn, der hackt und hackt. Du kamst im September, und jetzt ist es schon Frühling. März, April.

Jeden Tag – im Internet, im Fernsehen – neue Bilder von leeren Stadtstraßen, leer mit Ausnahme der Tiere: ein Waschbär in New York, ein Schakal in Tel Aviv, ein Hirsch in Nara, ein Seelöwe in Buenos Aires. Eva schließt jeden Morgen die Schlafzimmertür hinter sich, schaltet den PC ein.

Ich gebe *Abstand* als Suchwort ein. Auf der Internetseite des Miami Herald steht: *Wenn Sie wider Erwarten auf der Straße stehen bleiben, um mit einem anderen Menschen zu sprechen, stellen sie sich vor, dass zwischen Ihnen genügend Platz für ein Krokodil sein sollte.*

Ich sehe Krokodile in den Straßen vor mir.

Ich messe alles in Krokodilen.

In dem Artikel steht auch: *Berühren Sie Ihr Gesicht nicht.*

Ich zähle die Bäume im Torshovpark, gebe jedoch auf nach elf, neunundzwanzig, einunddreißig –

Ich gehe ins Internet und zähle stattdessen Infizierte und Erkrankte und Tote.

Eva kommt von einem Spaziergang im Park nach Hause, ihre Lippen sind genauso rot wie die Schuhe. Ich kann nicht beantworten, wann das alles vorbei ist oder die Schule wieder aufmacht.

Sie legt das Gesicht in die Hände und weint.

Das ist so unwirklich, sagt sie.

Geh zu ihr.

Meine Stimme ist viel strenger und steifer, als ich es mir vorgestellt hätte.

Eva, sage ich, berühr dein Gesicht nicht.

Jede Woche schickt Mutter mir per Mail eine handgeschriebene Einkaufsliste. Das heißt: Mutter kann nicht mailen, deshalb haben wir ein kompliziertes System entwickelt, bei dem sie ihre Liste als Fax schickt, das ich mit Hilfe eines Computerprogramms als Mail empfange. Anschließend bestelle ich die Waren im Internet.

Joghurt, Labskaus, Brot, Cola, Schokolade, Melone, Nudeln, Seife, Reis.

Ich übersetze die Einkaufslisten ins Englische, logge mich in Mutters Konto beim Supermarkt ein und bestelle die Waren. Ein paar Stunden später werden sie vor dem großen Haus in Massachusetts angeliefert.

Mutter schreibt Natronseife, nicht Seife. alsbald, nicht bald. Mädel, nicht Mädchen.

Ich beuge mich über ihre letzte Einkaufsliste, ich kann sehen, dass ihre Hand stärker zittert als früher und sie sich Zeit genommen hat, um jeden Posten deutlich zu schreiben, schön zu schreiben. Manchmal zeichnet sie ein kleines Bild dazu, zum Beispiel von einem Mädchen, das mit einem Hund spazieren geht, oder zwei Mädchen, die auf einem Zaun sitzen und singen.

Am Telefon fragt sie, was ich schreibe, worauf ich ausweichend antworte. Oder ich sage, dass ich über das Bild von 1983 schreibe. Welches Bild, sagt sie. Ein Bild, das jemand von mir gemacht hat, sage ich. Meinst du, in Paris, sagt sie. Ja, sage ich. Und dann sagt sie, *aber ich wollte nicht, dass du fährst*. Ja, sage ich, du wolltest nicht, dass ich fahre.

Sie geht in dem großen Haus von Zimmer zu Zimmer oder sitzt auf einem Hocker am Küchenfenster und schaut auf den roten Ahornbaum hinaus.

Er ist bestimmt hundert Jahre alt, sagt sie einmal, als wir uns unterhalten.

Ein anderes Mal: Hallo, sage ich am Telefon, bist du da, Mama?

Ich glaube, ich habe mich ausgesperrt, sagt sie.

Hast du deine Schlüssel vergessen?

Nein, nein, ich wollte die Lebensmittel annehmen, und dabei habe ich mich ausgesperrt.

Ich höre ihren Atem. Über das Meer hinweg, von Gloucester nach Torshov.

Hallo, hallo, ruft sie, diesmal nicht an mich gewandt, sondern an ihren Partner, der sich irgendwo in dem großen Haus aufhält. Er hört sie nicht. Das Haus, das sie mir beschrieben hat, erinnert mit all seinen Zimmer und den Fluren und Treppen an ein Labyrinth, am liebsten mag sie die Küche und den Ahornbaum davor.

Kannst du mir aufmachen, ruft sie, bitte, ich habe mich ausgesperrt, du musst mich reinlassen.

Bitte. Bitte.

Ein drittes Mal: Ich staubsauge, sagt Mutter, ich packe Waren aus, koche und räume ab und spüle. Jeden Tag habe ich Angst.

Wasch dir die Hände, sage ich zu dem Mann, mit dem ich zusammenlebe, denk an den Mundschutz, du kannst nicht ohne Mundschutz rausgehen. Es ist nicht so, dass er immer auf mich hört, wenn du verstehst, was ich meine. Ich hatte nicht gedacht, dass das Leben so enden würde.

Das Leben endet nicht so.

Das wissen wir doch nicht, sagt sie. Es ist gut möglich, dass es so endet.

Ich habe ihr nicht erzählt, dass sie noch eine hat, dass es zwei von uns gibt, und dass du zurückgekommen bist, nachdem du jahrzehntelang fort warst.

Wenn ein Kind geboren wird, geschehen viele Dinge. Das Wichtigste ist, und daran denken wir nicht, schon innerhalb der ersten Stunde muss das Kind, null Monate, null Tage, null Stunden alt, eine neue und eigenständige Beziehung zur Schwerkraft etablieren. Neun Monate hat es geschwebt. Jetzt soll es nicht mehr schweben. Das erfordert eine große Anstrengung.

Manchmal setzt du dich auf den Fenstersims und gibst dich als unsere Mutter aus. Du sagst: Ich brachte euch beide zur Welt. Eine von euch blieb, die andere ging ihres Wegs.

Im Frühjahr 1982, ein paar Monate, bevor ich sechzehn werde, wohne ich in Oslo und gehe in die neunte und letzte Klasse der Majorstua-Gesamtschule. Eirik hat die Gesamtschule längst verlassen, er ist Abiturient, achtzehn Jahre alt und legt sich in der schmalen oberen Koje im Anbau des Sommerhauses neben mich und fragt behutsam, ob es das erste Mal ist, dass ich mit einem Jungen schlafe, und ich antworte ja.

Es ist die ganze Nacht hell. Die Gäste bleiben bis weit in den Vormittag des nächsten Tages hinein. Einige der Jungen, zum Beispiel Eirik, haben den Führerschein und fahren mit dem Auto nach Oslo zurück. Als alle weg sind, putzen und räumen Heidi und ich auf, so gut wir können, nach einer Fete, für die wir keine Erlaubnis hatten. Die Fünfjährige räumt ihre Spielsachen auf, die Zehnjährige räumt nach Wutanfällen auf, die Fünfzehnjährige räumt nach einer unerlaubten Fete im Sommerhaus der Mutter auf, die Neunzehnjährige schafft Ordnung nach langen, mit Lernen, Kaffeetassen, Aschenbechern, Büchern, Papieren verbrachten Nächten, die Vierundzwanzigjährige sortiert die Spielsachen ihres Sohnes, die Dreißigjährige räumt auf dem Dachboden in Kartons, nun, da sie sich scheiden lassen und allein in eine Wohnung ziehen und ihr erstes Buch schreiben wird. Dort, auf dem Dachboden des neuen Mietshauses, in das sie mit ihrem Sohn, Ola, gezogen ist, findet sie die Fotografie, die A in Paris von ihr machte, sie liegt zwischen den Seiten des weißen Notizbuchs mit dem festen Einband. Auf dem Bild hat sie nackte Schultern und trägt Ohrringe. Sie wirft einen flüchtigen Blick darauf, ehe sie das Buch schließt und in den Karton zurücklegt. Ich glaube, es ist das letzte Mal, dass sie das Bild sieht. Ich habe nach dem Karton gesucht, jetzt gesucht, während ich dies hier schreibe, aber er muss beim Umzug verschwunden sein, entweder damals, als ich dreißig war, vor fast fünfundzwanzig Jahren, oder später, aus Anlass eines anderen Umzugs.

Je älter ich werde, desto mehr Wert lege ich darauf, Ordnung zu schaffen, vor allem zu waschen und Wäsche aufzuhängen und zusammenzufalten, ich frage mich, ob meine Vorliebe für Hausarbeit mich weniger zu einem Kunstmonster macht. Den Begriff habe ich mir von Jenny Offill ausgeliehen, die in ihrem Roman *Amt für Mutmaßungen* schreibt: *Ich hatte beschlossen, nie zu heiraten. Stattdessen wollte ich ein Kunstmonster werden. Frauen werden so etwas fast nie, weil solche Monster sich nur mit Kunst beschäftigen und nicht mit Alltagsdingen. Nabokov hat nicht einmal seinen Regenschirm zugemacht. Vera hat für ihn die Briefmarken angeleckt.*

Ich beginne den Schreibtag damit, frisch gewaschene Laken und Bettbezüge über die Türen der Wohnung in Torshov zu hängen und an meinen Vater zu denken, der eindeutig ein Kunstmonster war. Mein Vater hätte den Tag niemals damit begonnen, Wäsche zu waschen und zu falten. Er wäre niemals auf die Idee gekommen, den Arbeitstag damit einzuleiten, feuchte Laken aufzuhängen – und er hätte niemals zugelassen, dass sie über den Türen hingen. Er wollte ein feuchtes Laken nicht einmal *sehen.* Deshalb ließ er in Hammars, wo er im Sommer wohnte, eine eigene Waschküche mit Waschmaschine und Trockenschrank bauen, außerdem gab es immer Frauen (Geliebte, Ehefrauen, Haushaltshilfen), die für ihn Ordnung hielten. Ja, denn ordentlich sollte es sein, makellos, alles an der richtigen Stelle, das Staubtuch durfte nicht auf der Fensterbank im Wohnzimmer vergessen werden, es durfte nicht so aussehen, als sei in der Küche tatsächlich gekocht worden, wenn um sechs Uhr, zum Beispiel von Mutter, als sie mit ihm zusammenlebte, das Essen serviert wurde. *Ach! Wie ich dieses Haus verabscheue! Es kommt mir so vor, dass man es mit nichts auf der Welt nett machen könnte!*, sagt Mrs G. in Simone de Beauvoirs *Das andere Geschlecht*, und nun räumt das Mädchen auf, das bald sechzehn wird, das in New York bald wieder in die Schule geht, das bald von A im Aufzug entdeckt wird, das bald nach Paris reist. All das geschieht in nur wenigen Monaten – der Aufzug, A, Paris –, aber das weiß sie jetzt nicht. Jetzt weiß sie, dass sie alle Spuren der Fete, alle Flaschen, Chipstüten, Zigarettenkippen forträumen muss. Das ist eine andere Art des Räumens als die, mit der Mrs G. tagein, tagaus beschäftigt war, die Fünfzehnjährige räumt nicht auf, damit es schön wird, sie denkt nicht so sehr daran, ob das Haus der Mutter schön ist, sie denkt daran, ob *sie* – die Fünfzehnjährige – schön ist. Sie räumt auf, damit ihre Mutter keinen Verdacht schöpft und nicht wütend wird.

Ich schrieb einmal, dass sowohl meine Mutter als auch mein Vater eine Frau benötigten, die für sie alles in Ordnung bringen konnte – sie mit Essen versorgte, aufräumte, Briefe beantwortete, sie zudeckte, wenn sie schlafen sollten. Das Mädchen, das bald sechzehn wird, räumt auf, um eine Lüge zu vertuschen. Sie hat versprochen, keine Fete zu feiern, und als die Mutter fragt, sagt sie, dass sie selbstverständlich keine Fete gefeiert hat. Heidi ist geblieben. Heidi hilft beim Aufräumen. Es dauert den ganzen Vormittag. Als sie fertig sind, als wir fertig sind, legen wir uns auf unseren Handtüchern in die Sonne. Wir liegen nebeneinander, mit einem Kassettenrekorder zwischen uns. Manchmal steht Heidi auf, sie ist rastloser als ich, und beginnt zu tanzen. Heidi tanzt auf den Uferfelsen und singt das ganze »I Love Rock'n Roll« und isst gleichzeitig ein Wassereis. Heidi legt sich neben mich, und ich erzähle ihr, dass ich mit Eirik geschlafen habe. Ich glaube, wir schlummern ein. Schläfrig nach der durchwachten Nacht, dem Alkohol, der Sonne. Ich bin immer blass gewesen. Dünnhäutig. Fast durchsichtig. Man konnte sehen, wie die Adern unter der Haut an den Händen hervortraten, hellblau, wie Lungenflügel. Schon damals hatte ich Hände wie eine alte Frau.

Es wird Abend und Mutter kommt, sie hat Einkaufstüten aus dem Geschäft dabei und will ein spätes Abendessen zubereiten, es ist schon acht oder neun, Mutter fällt nicht auf, dass alles so aufgeräumt ist, aber auch nicht, dass eine Fete gefeiert wurde, sie sieht mich an und sagt *aber Liebes, hast du den ganzen Tag in der Sonne gelegen, du bist feuerrot, wir vertragen das nicht, unsere Haut verträgt das nicht.* Ich weiß natürlich, dass Mutter keine Sonne verträgt. Und damit versteht es sich von selbst, dass auch ich keine Sonne vertrage. Mutter und ich haben fast den gleichen Namen, das heißt – meiner ist eigentlich Karin, nach Großmutter, aber es gibt nicht viele, die mich so nennen. Die meisten nennen mich anders. Und was die Sonne angeht – Mutter hat es mir Jahr für Jahr eingetrichtert. Mutter mit ihren langen, dünnen Kleidern und den dunklen Sonnenbrillen. Mutter, die immer im Schatten sitzt. *Nein, nein, nein, ich will mich nicht in der Sonne aufhalten. Nicht einmal einen winzig kleinen Augenblick will ich mich in der Sonne aufhalten.* Sommer für Sommer kommen Mutters Freundinnen zum Sommerhaus und trinken Weißwein und legten sich im Bikini auf die Felsen und werden braun und hübsch, während Mutter auf einer Bank im Schatten sitzt und sie unter einem großen schwarzen Sonnenhut betrachtet.

Sonnenverbranntes Mädchen. Fünfzehn, fast sechzehn. Keine Jungfrau mehr. Die Haut sticht und brennt, es hilft nicht, sie mit Creme oder Öl einzureiben, es hilft nicht, kühle Lappen auf Gesicht und Schultern zu legen. Sie duscht unter kaltem Wasser, sie schwimmt im Meer, sie duscht erneut, aber die Haut fühlt sich an wie ein ätzender Strumpf. Am Abend, nach tausend kalten Bädern und tausend Mal einreiben mit Creme und Öl, will ich dicht neben Heidi liegen, aber es tut viel zu weh. Die Haut ist heiß, nicht wie beim Fieber, sondern etwas, das ähnlich ist.

Ein paar Tage später, eine Woche, zwei Wochen, bilden sich auf der gesamten Brust Blasen, und in der Schule sagt die Schulschwester, dass ich eine Verbrennung zweiten Grades erlitten habe.

Es ist gefährlich, den ganzen Tag in der Sonne zu liegen, sagt die Schulschwester. Das weiß ich und will von Mutter auf der Bank im Schatten unter dem großen, schwarzen Sonnenhut erzählen.

Nach weiteren Wochen beginnt die Haut abzublättern.

Eirik und ich sehen uns in meinem Zimmer in Mutters Wohnung in Oslo wieder. Ihm hat man gerade zwei Weisheitszähne gezogen. Sein Kiefer ist leicht geschwollen, aber nicht sehr. Mutter ist nach New York geflogen, wir sind allein in der Wohnung. Ich reise auch bald nach New York. Ich sage Eirik, dass ich eigentlich nicht mehr in Oslo wohne. Eirik setzt sich auf die Bettkante. Er lacht.

Er hat leuchtend blaue Augen, lange blonde Haare. Ich setze mich neben ihn, ziehe den Pullover aus und helfe ihm dabei, seinen auszuziehen. Die Haut an den Wunden von jenem Tag, als ich zu lange in der Sonne lag, blättert immer noch ab. Eirik zieht große Schuppen Haut direkt unter meinen Brüsten ab. Es brennt. Ich lege eine Hand auf seine Wange, wo ihm die Zähne gezogen wurden.

Alles tut weh, sagt Eirik, und wir lachen beide.

Du sitzt auf dem Fenstersims. Es wird Sommer und dann wieder Herbst. Wie das Mädchen in den Märchen spielst du mit einem Goldapfel.

Ich setze mich neben dich, schaue hinaus.

Ich wohne in einem großen Wohnblock, in der obersten Etage.

Du gibst mir deinen Apfel. Er ist nicht aus Gold. Es ist ein ganz gewöhnlicher roter Apfel. Rot wie das Laub auf der Erde. Rot wie As Jeep.

Das Mädchen, das ich war, und die Frau, die ich bin, haben beide eine rote Mütze. Es ist nicht dieselbe Mütze, ich habe die, mit der ich 1983 herumlief, nicht aufgehoben, aber sie ähnelt ihr.

So oder so, es wird Zeit, die warmen Kleider herauszusuchen, sagst du, es ist bald November.

Aber vorher kann ich doch noch eine Weile hier sitzen, sage ich.

Wir können zusammen sitzen, sagst du.

A benutzt die Zunge. Das hat bisher keiner getan. Ich bin nicht besonders erfahren. Ich komme fast sofort. Er macht alles, ich mache nichts. Ich höre auf zu atmen, ich will, dass es andauert. Nicht aufhören, flüstere ich. Er hebt den Kopf (hört auf) und lacht fast fürsorglich und leicht überrascht.

Er spuckt auf seine Finger und macht mich feuchter, als ich schon bin. Weißt du, was wir jetzt machen, sagt er und dreht mich auf den Bauch.

Seine Hände, die Zunge, der Schwanz – aber dann, es geschieht von einem Moment auf den anderen –, habe ich genug. Ich, die ich so eifrig war. Ich, die ich zu einem Körper wurde, der wollte, der um mehr bat, der ja sagte. Er ist noch nicht fertig. Ich weiß nicht, was ich tun soll. Es geht nicht darum, dass ich nicht will. Oder vielleicht geht es genau darum. Die Begierde ist verschwunden. Er kann so viel mehr als ich. Ich bin schon mit Jungen zusammen gewesen, *Eirik*, aber jetzt liege ich auf As weißen Laken wie ein großes, regungsloses Kind.

Ein großes, regungsloses Kind, das schon gezeigt hat, dass das, was er gemacht hat, gut war.

Nicht aufhören, hatte sie gesagt.
Ein großes, regungsloses Kind, das nichts zurückgibt.
Was tut sie?
Sie liegt in den weißen Laken, hält ihn fest.

Aber dann, abrupt: Ich will nach Hause, sagt sie, ich will in mein Hotel. An dessen Namen sie sich nicht erinnert.

Ich steige aus dem Bett und gehe in das Bad mit den blauen Fliesen. Ich knie mich vor die Kloschüssel und übergebe mich. Ich weiß nicht, wie lange ich dort kniee. Ich habe den ganzen Tag über nichts gegessen. *Nein, das stimmt nicht.* Bevor wir in die Diskothek gingen, bekam ich ein Baguette von Mia, als ich in der Wohnung war, die sie sich mit dem Übersetzermädchen teilte. Mia hieß nicht Mia. Z hieß nicht Z. Ich übergebe mich noch einmal. A heißt nicht A, und es wird ihm nicht gefallen, dass ich mir eins der großen, teuren, weißen Handtücher vom Haken schnappe und es um mich schlinge und mich auf den Boden lege.

Gehst du nicht wieder zu ihm?

Doch, das tue ich. Bald. Ich liege hier nur einen Moment und sammele mich.

Kommst du zurück, ruft A aus dem Bett.

III

WEISS

Mitte Februar 1983 klingelt in der großen, dunklen Wohnung in der dreizehnten Etage das Telefon. Die Sonne scheint in die leeren Zimmer und auf die blanken Holzfußböden. Die Fenstersimse sind weiß von Schnee. Die Baumwipfel im Central Park sind weiß. Die Bürgersteige entlang der Columbus Avenue sind weiß. Die Stadt ist still. Der Schnee fällt und fällt, es ist der schlimmste Schneesturm seit sechsunddreißig Jahren, sagt die Nachrichtensprecherin im Fernsehen. Die Schulen sind geschlossen. Ich bin zu Hause. Verlassene Autos liegen – stehen – verstreut auf den Hauptstraßen, deren Lärm man normalerweise im Westen hören kann, wenn man die Fenster öffnet und sich hinauslehnt, die geparkten Autos müssen aus Schneewehen ausgegraben werden. Zeitungen werden nicht pünktlich ausgetragen oder können gar nicht ausgetragen werden. Die Bevölkerung muss den Fernseher einschalten oder Radio hören, um sich auf dem Laufenden zu halten. *Es herrschte eine unwirkliche Stille in der Stadt, wo der Wind in den fast verlassenen Straßenschluchten von Manhattan flüsterte*, steht ein paar Tage später in der Zeitung, *selbst der Times Square strahlte etwas Friedvolles aus, unter einer blendenden Morgensonne, ohne die vielen Menschen.*

Wir haben vier Telefonleitungen in der Wohnung, manchmal klingeln alle Telefone gleichzeitig. Wir haben ein Telefon im Wohnzimmer, in der Küche, in Mutters Schlafzimmer und in meinem Schlafzimmer. Die Telefone sind hellbraun, fast beige, fast weiß, mit einem langen Kabel, so dass man sie im Zimmer herumtragen, auf der Couch liegen oder am Fenster sitzen kann, während man spricht, alle Telefone sind mit vier Tasten ausgestattet, die aufleuchten, je nachdem, welche Nummer angerufen wird, die eine Leitung wird die Büronummer genannt, die zweite wird die Privatnummer genannt, die dritte ist meine Nummer, und die vierte ist Mutters Nummer. Mutters *geheime* Nummer.

Manchmal, aber nicht sonderlich oft, leuchtet die vierte Taste auf, und dann läuft Mutter in ihr Zimmer und schließt die Tür hinter sich.

Das Mädchen, das ich war, und die Frau, die ich bin, vertiefen uns in die Zeitungsartikel aus diesen schneeerfüllten Tagen im Februar 1983. Ich war seit ein paar Wochen aus Paris zurück. Dachte ich daran, was passiert war? Ich kann mich nicht erinnern, dass ich das tat. Vieles kann sich in etwas Schönes verwandeln, wenn es genügend Zeit bekommt, gib ihm ein paar Stunden, oder Tage, oder Jahre. Erinnerungen an Schnee, zum Beispiel, wie hier in der Zeitung: *Der Sturm erschuf Bilder von unbändiger Schönheit in den Straßen der Stadt und der Vororte. Kinder kletterten und schwankten auf Gebirgen aus Schnee umher, der bekannte Orte in Wunderwerke verwandelte; das Haus hatte plötzlich eine andere Form; Autos und Parkbänke wurden zu Klumpen, Bäume waren graziöse Visionen in schwarz und weiß.*

Nur ich bin zu Hause. Es ist mitten am Tag, ungefähr zwölf Uhr, wegen des Schnees ist es drinnen und draußen still. Die Heizung in der Wohnung läuft auf vollen Touren, ich gehe barfuß von der Küche durch den Flur in mein Zimmer.

Ich sehe sie vor mir, Karin, das Mädchen, das ich war. Sie trägt ein militärgrünes T-Shirt (*The Clash Combat Rock Tour*) das ihr bis knapp unter den Po reicht. Manchmal trägt sie es als Kleid, und wenn sie hinausgeht, hat sie darunter eine dicke, schwarze Strumpfhose und um die Taille einen weißen Gürtel und hohe schwarze Stiefel an.

Hallo –

Sie nimmt das Telefon und setzt sich aufs Bett.

A sagt nichts, sie weiß trotzdem, dass er es ist, erkennt sein Lachen wieder. Es ist nicht im Geringsten boshaft. Es klingt, als würde er sich freuen, ihre Stimme zu hören, denkt sie.

Du bist verschwunden, sagt er.

Ich bin *abgereist.*

Das hättest du nicht tun sollen. Wir hätten das schon hinbekommen.

Ich weiß nicht, ich wollte nach Hause.

Nach Hause, nach Hause, nach Hause, wie ein kleines Kind, aber damit muss es nicht enden, oder?

Wie meinst du das?

Wir könnten uns treffen?

Ich weiß nicht.

Du kannst herkommen. Ich bin wieder in New York.

Das Mädchen sieht auf den Schnee hinaus.

Heute kann ich jedenfalls nicht kommen.

Du meinst, wegen des Sturms?

Ich finde es seltsam, dass sie das einen Sturm nennen. Sie schließen die Schulen. Alles kommt zum Erliegen. Zu Hause hätten wir das niemals einen Sturm genannt.

Er lacht leise.

Du kommst aus Norwegen, nicht?

Ja, aber das weißt du doch.

Nennst du Norwegen zu Hause, oder New York?

Ich weiß nicht. Vielleicht New York.

Sie will noch mehr darüber sagen, über zu Hause.

Ich sehne mich nach dir, unterbricht er sie. Ich will, dass wir uns treffen. Ich will, dass du zu mir kommst. Sag nicht nein.

Er wird still.

Okay, sagt das Mädchen und legt sich mit dem Hörer am Ohr unter die Decke, dann sage ich nicht nein.

Sie sieht die weißen Handtücher vor sich, die im Bad der Wohnung in Paris an den Haken hängen, wie sie sich nackt in sie wickelte, erst in das eine, dann in das zweite, dann in das dritte, als wären es Verbände, und wie sie ganz still auf dem kalten, blauen Badezimmerfußboden lag.

Ich rufe dich morgen wieder an. Vielleicht hat der Sturm sich dann gelegt.

Er lacht und berichtigt sich.

Vielleicht hat der Sturm, der *kein* Sturm ist, sich gelegt, und du kannst deine Lederjacke anziehen, die du getragen hast, als ich dich im Aufzug zum ersten Mal gesehen habe, den Bus nehmen und herkommen.

Eines Morgens, drei Monate und tausend Jahre, nachdem du unter einer Ulme im Torshovpark aufgetaucht bist, legte ich mich ohne die Absicht, wieder aufzustehen, auf den Badezimmerfußboden. Nachdem ich überdacht hatte, was ich mit der Zeit *die Situation* (das Schweben, die Angst, das Zittern) nannte, und mit deiner großen Hilfe, hatte ich herausgefunden, dass ich nicht mehr in der Lage war zu duschen. Ich *wusste*, wie man es machte. Ich war alle Schritte durchgegangen (und ging sie da unten auf dem Fußboden weiter durch), *zieh den Bademantel aus, steig in die Duschkabine, dreh das Wasser auf, seife den Körper ein, spüle den Körper ab, trockne dich mit dem weißen Handtuch ab, das an dem Haken ganz links hängt.* Aber es war unmöglich. Die Dinge, die erledigt werden mussten, nahmen kein Ende. Und nach dem Duschen – was dann? Es geht einfach weiter. Ich kann nirgendwohin. Ich habe wochen-, monatelang keine Mails oder SMS beantwortet. Freunde verlassen mich. Ich spreche zu laut und zu viel oder gar nicht. Das ist nicht meine Stimme. Ich wanke. Ich bin jetzt mehr du als ich.

Ich schreibe, dass ich auf dem Badezimmerfußboden *lag*, aber das stimmt nicht, ich fuhr fort (seit damals in der Vogts gate) zu schweben, zwar nur wenige Millimeter über der Erde, aber genug, um den Grund unter meinen Füßen nicht zu spüren, oder den Fußboden unter dem Körper, aber zu diesem Zeitpunkt war ich so erschöpft – ausgehöhlt ist möglicherweise ein präziseres Wort –, dass ich mich nicht mehr darum scherte, ob erschöpft oder ausgehöhlt, liegen oder schweben das richtige Wort war. Das Handy lag in der Bademanteltasche. Ich zog es heraus und suchte nach Psychologen, die an diesem Tag einen Termin frei hatten. Am liebsten in der nächsten Stunde. Ungeduld ist ein Wesenszug des Terrors, der mich überraschte. Je benebelter ich war, desto ungeduldiger wurde ich. Es war *körperlich* – die Benebelung kombiniert mit der Ungeduld – das Kratzen im Gesicht, das Zucken in den Beinen, die Panik.

Ich fand zwei.

Zwei Psychologen, beides Frauen.

Ich sah sie mir an, erst die eine, dann die andere.

War es mit Psychologinnen wie mit Friseuren – wenn sie einem am gleichen Tag einen Termin anbieten konnten, waren sie vielleicht nicht besonders gut? Ich studierte ihre Gesichter – die Gesichter mussten den Ausschlag dafür geben, wen ich wählte. Und eventuell auch die Namen. Die eine hieß Maria und die andere hieß Marta, wie die Schwestern im Lukasevangelium, und von den beiden habe ich Marta immer mehr gemocht.

Marta, Marta.

Dunkle Augen, ein warmherziger Blick.

Ein gutes Gesicht.

Ich tippte meine Daten auf der Internetseite ein, buchte einen Termin. *Können Sie mir helfen?* Ich stand vom Boden auf (das gelang mir richtig gut), zählte die Schritte zurück zum Schlafzimmer, suchte eine Jogginghose und einen großen Pullover heraus. Ich weiß nicht mehr, wie ich hinkam. Ich fahre nicht Auto, also muss ich den Bus genommen haben, vielleicht fuhr mein Mann mich.

Und nun saßen wir dort, von Angesicht zu Angesicht, Marta und ich.

Ich glaube, ich sterbe, sagte ich.

Und warum?

Ich habe so furchtbare Angst.

Wir werden alle sterben, sagte Marta.

Und damit hatte sie natürlich recht, aber sie hatte nicht den ruhigen Blick von dem Foto. Ihr Gesicht war im wahren Leben ganz anders. Sie sah besorgt aus, oder traurig, oder einsam, ich weiß es nicht. Irgendetwas war da. Sie fragte nach meiner Kindheit. Ich begann zu erzählen. Sie lebte auf, wirkte interessiert, und daraufhin lebte ich auch auf, wurde ausführlich, die Wörter strömten nur so aus meinem Mund.

Das sind Dinge, über die wir sprechen können, sagte sie.

Was denn, sagte ich.

Die Beziehung zu Ihrer Mutter, zu Ihrem Vater, die Kindheit.

Als die Stunde vorbei war, machten wir einen neuen Termin aus. Ich dankte ihr überschwänglich, wiederholte immer wieder, wie sehr sie mir geholfen habe. Auf dem Weg zur Bushaltestelle sagte ich den Termin ab.

Vom Badezimmerfußboden.

Eine der schönsten Zeilen in Jane Kenyons Gedicht über Melancholie – ich schaffe es nicht, sie zu übersetzen.

You taught me to exist without gratitude

You ruined my manners toward God.

Die erste Zeile lässt sich problemlos übersetzen:

Du lehrtest mich, ohne Dankbarkeit zu existieren.

Aber dann – die über Gott –, die bekomme ich nicht hin:

Du ruiniertest mein gutes Benehmen Gott gegenüber.

Das ist nicht gut genug.

Ruiniertest –

Gutes Benehmen –

Gegenüber –

Das geht nicht.

Ich hole das Handy aus der Bademanteltasche und simse meinem Mann.

Kannst du *You ruined my manners toward God* nachdichten.

Oder ist das unübersetzbar?

Liege dort, bis jemand nach Hause kommt.

Januar 2020.

Die Lügen, die du mich erzählen lässt –
ich schreibe an einem neuen Buch
ich stehe früh auf, dusche und ziehe mich an
ich bin leider beschäftigt
ich habe deine Mail nicht gesehen
ich habe nicht gehört, was du gesagt hast

Ich höre es selbst, der Teil meines Gehirns, der noch funktioniert, hört, wie lächerlich sie sind, all diese Lügen und Ängste, mit denen du ankommst wie eine Katze mit halb gefressenen Vögeln im Maul, *was stimmt mit dir nicht*, sagt der Teil des Gehirns, der noch alle Tassen im Schrank hat, *reiß dich zusammen, woher hast du das* –

dass Rot eine giftige Farbe ist
dass du schwebst
dass mit deinen inneren Gehörgängen etwas nicht stimmt
dass du leben willst, aber nicht weißt, wie

Das alles zusätzlich zu der Angst vor Ängsten, die mit jedem Tag exponentiell stärker wird.

Aber du liebst (deine Kinder, das Enkelkind, deinen Mann, deinen großen Bruder, deine Schwestern, deine Mutter, deine Freundinnen und Freunde und unzählige Werke, die dir das Leben gerettet haben – geschrieben, komponiert, gemalt, gewebt, fotografiert, choreographiert, gespielt, getanzt … du liebst den Park vor deinem Fenster mit seinen Laubbäumen, die du zählst, zählst; du liebst etwa zehn Gespenster, vielleicht mehr; du liebst deinen Hund … und viele von diesen Seelen … den Werken … den Bäumen … können Leiden bezeugen, das du nicht einmal ansatzweise verstehst), und dennoch schaffst du es nicht, dich zusammenzureißen.

Februar 2020.

Du gingst neben mir, schlangst dich um mich, warfst dich in mich hinein, wir teilten Lunge, Stimmbänder, Gehirn, Gesicht, wir waren halb ich, halb du. Ich kann nicht mit Gewissheit sagen, ob die geplante Reise nach Teuva ein Ergebnis deiner oder meiner Einfälle war. Ein Einfall war es jedenfalls. Ich buchte ein Flugticket nach Helsinki. Ich recherchierte im Internet und fand eine Reiseroute: Zug von Helsinki nach Seinäjoki, und Bus von Seinäjoki nach Teuva. Die fremden Ortsnamen bewegten sich in mir. Ich suchte weiter. Teuva (dessen Einwohnerzahl zwischen fünf- und sechstausend liegt, je nachdem, welche Quelle man heranzieht) ist eine vorwiegend finnischsprachige Gemeinde, die an Karijoki, Kauhajoki, Kristiinankaupunki, Kurikka und Närpiö grenzt.

Im Sommer 1953 malte Tove Jansson (die selbst eine Reisende in der Welt war) in der Kirche von Teuva ein fünf Meter breites Altarbild auf die Wand. Dieses Altarbild veranlasste mich dazu, reisen zu wollen. Es zeigt die zehn Jungfrauen aus dem Gleichnis im Matthäusevangelium, ihre Lampen, die angezündeten und die nicht angezündeten, und den prachtvollen Bräutigam.

Fünf kluge und fünf unvernünftige Jungfrauen – oder *schlechte*, wie es in manchen Übersetzungen der Evangelien heißt. Unvernünftig, schlecht, unvorbereitet. Sie sind es, die zu spät zur Hochzeit kommen und anklopfen, an die Tür hämmern müssen, sie sind es, die nicht hineinkommen, sie sind es, die die unwiderruflichen Worte hören müssen: *Ich kenne euch nicht.*

Zehn grazile Mädchen in langen Kleidern, weiß, grau, blau, hellviolett. Die Klugen haben einen Glorienschein, die Unvernünftigen haben keinen Glorienschein. Ein roter Schal liegt auf der Erde, wie ein Fluss aus Blut, wie ein hübsches Stück Seide. Ich weiß nicht, ob das Rote eine Warnung oder eine Hoffnung verkörpert. Vielleicht beides. Denn es leuchtet aus den Lampen der Klugen, es leuchtet aus dem näher kommenden Bräutigam.

Ich finde das Altarbild im Internet, als ich über die Begegnung des sechzehnjährigen Mädchens mit dem fiebrigen Professor Claus im Flugzeug nach Paris vor langer Zeit schreibe. Es ist ein scheinbar schönes und harmonisches Bild, trotz des gnadenlosen Gleichnisses über das Ende der Welt, das die Vorlage für das Altarbild ist. Mir sticht besonders eine der Jungfrauen ins Auge, sie, die ein elfenbeinweißes Kleid trägt und dem Bräutigam am allernächsten steht, der aus der Wand, auf die es gemalt wurde, in das Bild hineinschreitet. Sie fällt mir auf, weil sie den Hals unter dem Glorienschein leicht gebeugt hat – und obwohl ich begreife, dass sie sich zu der Lampe und dem Licht der Lampe vorbeugt, könnte es so aussehen, als stünde sie dort und küsste die Lippen eines Mädchens? Aber da ist kein Mädchen. Oder, wenn sie da ist, sollte sie dort nicht sein; sie ist fast unsichtbar, wie ein Geist, wie das Geheimnis des Gemäldes, im immerwährenden Zustand, entweder zu verschwinden oder zu entstehen. Ich denke an dich und mich. Die Jungfrau legt ihren schönen, klugen Mund auf die Lippen der anderen, zieht sie an sich, in den Glorienschein. Tove Jansson hat diese Umarmung (die möglicherweise nur in meiner Fantasie existiert) vor einer spitzen Steinformation platziert, die ebenso gut der Kleidersaum der unsichtbaren Gestalt sein könnte, und je mehr ich auf das Bild starre, desto mehr wird die Unsichtbare sichtbar, und vielleicht buche ich deshalb die Tickets: um zu sehen, ob es sie, um zu sehen, ob es dich gibt.

Einst plante ich eine Reise nach New Mexico, um die rostroten Berghänge von Georgia O'Keeffes Bildern zu sehen – weil O'Keeffes Landschaften mich so sehr an meinen Vater erinnerten. Kurz nachdem er starb, verstummte er für mich, und ich suchte nach Wegen, dieses Verstummen aufzuheben. Aus der Reise nach New Mexico wurde nichts. Und die Kirche in Teuva – aus dieser Reise wurde auch nichts. Im März 2020 schloss die Welt. Die Kirche in Teuva stellte Gottesdienste vor leeren Bänken ins Netz. Ich schaute zu. Der Pfarrer sprach Finnisch. Im Hintergrund, hinter dem Pfarrer, konnte ich das Altarbild erkennen.

Und A rief mich in jenem Winter weiter an, nachdem wir beide aus Paris heimgekehrt waren.

Wann kommst du?

komm nach der Schule vorbei

ich denke die ganze Zeit an dich.

Während ich dies schreibe, wird mir schlagartig bewusst, dass ich es jetzt bin, die an ihn denkt, jeden Tag, die ganze Zeit. Er weiß es nicht. Er weiß nicht, dass in Torshov in Oslo eine Frau durch den Park läuft, zwischen Ulmen und Laternen, und an ihn denkt. Er erinnert sich mit Sicherheit nicht an ihren Namen, oder ihre Haut, oder ihre Hände. Er weiß nicht, dass er nach all den Jahren noch einmal nackt vor ihr steht – sitzt – liegt und betrachtet wird.

Sie sieht ihn wach, sie sieht ihn schlafend, sieht ihn, wenn er lächelt, sieht, wie er in den Raum ruft, als er kommt (er schloss die Augen, ich hielt meine weit geöffnet), sieht ihn nun wieder an, so viele Jahre später, sieht ihn alt, vielleicht krank, dreiundachtzig Jahre alt.

In einer Winternacht 1983 verlief sich ein Mädchen. Um sie zu finden – und das war das ursprüngliche Projekt – musste ich auch ihn finden. Ich musste sie zusammen finden, sie nicht in Frieden lassen. Und warum? Weil das Mädchen *mich* nicht in Frieden lässt. *Sieh mich an*, sagt sie von dem Badezimmerfußboden mit den blauen Fliesen aus – nackt, nur in ein weißes Handtuch gehüllt.

Du du du. Nicht einmal unsere Mutter weiß, dass es zwei von uns gibt. Du kamst im Herbst, wartetest im Park auf mich, schlangst dich um mich, erst wie ein einzelner Zweig, später wie mehrere Zweige, später wie wilder Wein, der sich mit einer wirbelnden Leidenschaft in mich hineinstreckte, meine Augen, Hals, Bauch, Rückgrat punktierte, in mir hinaufkletterte, in mir hinab und zu den Seiten hinaus, du wurdest groß und kräftig, bis es mehr von dir gab als von mir, grün im Frühjahr, rot im Herbst, schön und giftig.

Es gibt ihn – A gibt es – seine Locken – seine Hände – die Zunge – die Worte, die er zu mir sagte – *kleine, neurotische Rotznase* – alles gibt es in dem Alphabet, das ich all diese Jahre hinterher für ihn und mich erschaffen habe.

Der Schneesturm in New York hat sich gelegt, aber hundert Brände fegen über das südliche Australien hinweg. Hohe Sommertemperaturen, starker Wind und wenig Regen haben katastrophale Folgen für die Eukalyptuswälder in Victoria. Präsident Reagan hat einen Friedensplan für den Nahen Osten vorgelegt, den die PLO nicht akzeptieren kann. Es ist der 23. Februar 1983. In *The New York Times* steht ein Artikel über ein neues amerikanisches Teleskop, das kosmische »Geburtsstationen« im Weltall enthüllt hat, wo es Wolken aus Gas und Staub in unterschiedlichen Stadien von Sterngeburten zu geben scheint. Ich stehe auf, dusche, wasche und föhne die Haare, sammele sie zu einem hohen Pferdeschwanz, ziehe ein langes, weißes Herrenhemd an, mit einem schwarzen Ledergürtel um die Taille, dicke, schwarze Strümpfe, die viel zu große Lederjacke (die er mich anzuziehen bat) und hohe, schwarze Stiefel. Zunächst gehe ich in die Schule. Ich bin eine Weile nicht dort gewesen. Ich weiß nicht, was mich erwartet. Die verdrehten Augen des Französischlehrers vielleicht? Die Lehrer schreiben immer mehr Briefe, die ich an mich nehme und unterschrieben zurückschicke, bevor Mutter sie sieht. Mit ihrem Namen zu unterschreiben, habe ich vor langer Zeit gelernt, als ich ein Kind war und in Norwegen lebte. Nach der Schule gehe ich wenige Häuserblocks nach Norden und wenige Häuserblocks nach Osten zur Carnegie Hall.

Wir sind verabredet. Er hat gesagt, dass er auf mich wartet.

Im Betreff steht: *Verlorene Fähigkeit, Dinge zu verlieren*, was in meinen Ohren beunruhigend klingt. Mehrmals in der Woche erhalte ich Mails von Unternehmen, die mir Dinge verkaufen wollen. Dieses spezielle Unternehmen hat sich auf den Verkauf von Computerzubehör spezialisiert. Ich will diese Mails nicht bekommen. Ich will, dass sie verschwinden. Ich will, dass alle Unternehmen und Webseiten, die mir Dinge schicken, um die ich nicht gebeten habe, meine Kontaktdaten verlieren, mich verlieren. Ich habe viele Male auf *unscribe* gedrückt, aber es funktioniert nicht. Jeden Tag, oder fast jeden Tag, bekomme ich neue Mails. Diesmal geht es um den Verkauf eines Gegenstands, der es einem leichter machen soll, aufzustöbern, was man gerne einmal verliert: Schlüssel, Brillen etc. Mit Hilfe einer App im Handy wird es möglich sein, diese Dinge jedes Mal zu finden, wenn sie verschwinden. Vorausgesetzt (denke ich), dass man nicht sein Handy verloren hat. Das Ziel ist wahrscheinlich (glaube ich), das *Suchen* als Aktivität aufzuheben.

Ich habe gesucht, weiß aber nicht, woher der Wahnsinn kommt. Seit du im September vor fast zwei Jahren aufgetaucht bist, habe ich versucht, die Ursache dafür zu finden, dass du kamst. Das ist es, was die Lebenden tun –

sehen, sich erinnern, verstehen, eine Linie ziehen, eine Geschichte erzählen.

Du kamst als eine Leidenschaft, nahmst großen Raum ein und fordertest meine gesamte Aufmerksamkeit, du verteiltest dich in mir und in mich hinein. Du ähneltest weder einer Erinnerung noch einer Geschichte. Ich gab mich dir hin.

In der Erzählung »Das unerbittliche Gedächtnis« schildert Borges einen Mann, Ireneo Funes, der nach einem Sturz vom Pferderücken einen Gehirnschaden erleidet, der ihn befähigt, sich an alles zu erinnern, was er jemals erlebt hat. Es ist schrecklich. Viel schlimmer als irgendetwas, das ich durchgemacht habe, denn ich bin jemand, der vergisst und schreibt und sich von der Fantasie und der Begierde helfen lassen muss. Was geschah mit dem Mädchen in Paris, und wie hat es sich in mir ausgewirkt und wie wirkt es sich weiterhin in mir aus?

Nach dem Sturz vom Pferderücken hat Ireneo Funes schlichtweg die Fähigkeit verloren zu vergessen – sich selbst zu vergessen, seine Tage zu vergessen, alles zu vergessen, was er gesehen und gehört und erfahren hat. Borges schildert das furchteinflößende Dämmerungslicht, das seine Hauptperson umgibt, und obgleich Ireneo Funes erst neunzehn ist, erscheint er *monumental wie Erz – älter als Ägypten – früher als die Prophezeiungen und die Pyramiden.*

Borges beschreibt im Detail – Funes' erinnerungsreiche

Welt ist überfüllt von Details – das Grauen, ein perfektes Gedächtnis zu besitzen, ohne die geringste Möglichkeit zu haben, Zuflucht (oder Licht) in der sprachlichen und assoziativen Vorstellungkraft zu suchen.

Wieder diese Idee von Kausalität, obwohl ich nicht einmal weiß, ob ich an sie glaube, nach der ich mich aber dennoch, fast widerwillig, richte. Ist die Ursache für den Wahnsinn erblich?

Habe ich zum Beispiel die Depressionen meines Vaters geerbt, seine Furcht und Raserei? Wenn es so ist, kämpfe ich vielleicht damit, loszuwerden, zu ergründen oder zu verlieren, was nicht einmal zu mir selbst gehört, sondern zu meinem Vater, oder seinem Vater oder dessen Vater.

Im Frühjahr 1965, anderthalb Jahre, bevor ich auf die Welt kam, wurde mein Vater in die psychiatrische Abteilung des Sophia-Krankenhauses in Stockholm eingewiesen.

Er hatte solche Angst, zu verlieren – den Verstand zu verlieren, die Leistungsfähigkeit zu verlieren, die Gesundheit zu verlieren, die Lust zu verlieren, die Sprache zu verlieren, die Kraft zu verlieren, die Kontrolle zu verlieren, die Linien zu verlieren, die er gezogen hatte.

All das, was er so mühevoll und bis ins kleinste Detail vorbereitet hatte.

In seinem Tagebuch steht am 29. April 1965:

Folgende Vorschriften werde ich einzuhalten versuchen. Wenn es geht.
· Frühstück um halb acht mit den anderen Patienten.
· Danach unverzüglich Morgentoilette sowie Spaziergang.
· Keine Zeitungen oder Zeitschriften im Laufe der aktuellen Zeit.
· Nicht den geringsten Kontakt zum Theater.
· Keine Briefe, Telegramme oder telefonische Nachrichten empfangen.
· Besuche sind am Abend erlaubt.
· Gewisse Kinobesuche und etwas Fernsehen ist erlaubt.
Ich fühle, dass der große und entscheidende Kampf näherrückt, und nun gilt es, ihn nicht länger aufzuschieben.

Mein Vater sagte immer, ich müsse Dinge aufschreiben, sonst würde ich das, was wichtig war, verlieren – vergessen. Vor vielen Jahren, unmittelbar nach meiner Scheidung, zog ich mit meinem Sohn, Ola, in eine Wohnung im Stadtteil Majorstua in Oslo. Ola war sechs, ich war neunundzwanzig. Ich erinnere mich, dass ich versuchte, auf dem neuen Dachboden so viele Umzugskartons unterzubringen wie möglich. Damals, im Zusammenhang mit der Scheidung und dem Umzug, sah ich das weiße Notizbuch mit dem festen Einband und der Fotografie, die ich zwischen die Seiten gesteckt hatte – die Fotografie, die A damals machte –, zum letzten Mal. Zu jener Zeit schrieb ich Tagebuch, Seite auf Seite über alltägliche Dinge, über die Bücher, die ich las, Marlen Haushofers *Die Wand*; Ingeborg Bachmanns *Das dreißigste Jahr*, weil ich selbst bald dreißig wurde und mich überrumpelt fühlte, oder vielleicht auch überwältigt von dem, was Bachmann als *harte Lichtstrahlen* beschreibt.

Ich verfasste außerdem Notizen zu dem Roman, an dem ich selbst arbeitete: *Zwei Schwestern, die eine schafft es und die andere schafft es nicht*. Ich zitierte aus Büchern, die mir gefielen, schrieb Wörter aus Wörterbüchern und Lexika auf. Das habe ich getan, seit ich ein Kind war, und tue es immer noch. In seltenen Fällen schreibe ich etwas Neues in eines der alten Tagebücher, eine Notiz, eine Präzisierung, eine zusätzliche Information.

Ich finde in den Tagebüchern nichts über das Bild, das A von mir machte und das ich damals, als ich frisch geschieden war, auf dem Dachboden fand, nicht ein Wort darüber, dass ich sitzen blieb und es betrachtete, oder dass ich überhaupt darüber nachdachte, was sich im Winter 1983 in Paris abgespielt hatte.

Aus dem Tagebuch 1996/2020.

»Ein salzhaltiger See«
Depression
fr. *dépression*, vom lat. *depressio* zu *deprimere*

Geografie: Senke oder Vertiefung
Physik: Senkung des Gefrierpunkts
Meteorologie: Gebiet mit tiefem Luftdruck
Astronomie: die negative Höhe eines Gestirns, das unter dem Horizont steht, gemessen in Grad als die fortgesetzte Verlängerung seines Höhenkreises
Artillerie: der Winkel zwischen der Richtung einer Kanone und der horizontalen Ebene, wenn die Kanone niedriger gerichtet ist als diese
Medizin: gedrückte Stimmung, vor allem als Leiden, Erkrankung
Geologie: Festlandsenke, die unterhalb des Meeresspiegels liegt – zum Beispiel: »am Grund der Depression liegt ein salzhaltiger See«

Es ist nicht viel, was ich aus der Zeit aufbewahrt habe, als ich sechzehn war, ich schrieb damals kein Tagebuch, ich besitze ein paar Bilder, ein paar Briefe, aber nichts, was Licht in das bringen könnte, worüber ich hier schreibe. Ich hoffte lange auf eine Entdeckung, zum Beispiel eine Tagebuchnotiz, die mir helfen, die mich veranlassen würde zu sagen: *Ja, jetzt erinnere ich mich wieder an alles.* Lange sah ich das Vergessen als einen großen Vorhang oder ein Gewebe vor mir – blau, rot, weiß und vielleicht auch grün. Ich sah vor mir, dass ich, wenn ich nur aufmerksam genug war, eine richtige Art finden würde – oder die richtige Art würde mich finden –, den Vorhang zur Seite zu schieben, ihn fortzuzerren, herunterzureißen: *Ja, natürlich, so war es.* Doch das Mädchen von 1983 hüllt sich in alle Arten von Stoffen ein und lässt mich nicht heran. Eines Abends gingen der Hund und ich im Torshovpark spazieren, wir gingen im Kreis, und ich dachte an die Fotografien in dem Jahrbuch der Schule von 1984, in dem ich den ganzen Nachmittag geblättert hatte. Ich dachte daran, dass ich mich nicht an meinen Französischlehrer, Monsieur O, erinnern konnte, ganz gleich, wie viele Male ich mich über das Bild von ihm beugte und sein Gesicht studierte.

Ich betrachtete auch das Bild von mir selbst, der Schulabgängerin, eine stark geschminkte Siebzehnjährige mit schwarzem Top und schwarzer Hose.

Die Tage, die Monate, nachdem ich aus Paris heimgekehrt war, erscheinen mir wie eine Handvoll verstreute Sterne am Himmel. Die Erinnerungen sind nur Lichtpunkte, der Rest ist Vergessen. Nichts ist Geschichte. Ich ziehe eine Linie von dem einen Stern zum zweiten, zum dritten und so weiter und sehe das Wintersechseck vor mir. Es ist nicht das Gleiche, wie sich zu erinnern, aber etwas Ähnliches. Wenn man sich verläuft, stellt sich oft heraus, dass man im Kreis gelaufen ist. In den Bergen zum Beispiel. Statt geradeaus zu gehen, wie man glaubte, begegnet man am Ende den eigenen Fußspuren – von einem Punkt zu einem anderen, bis man exakt dorthin gelangt, wo man begonnen hatte. Das ist auch eine Art zu schreiben.

Woran ich mich erinnere, ist –

Woran ich mich erinnere, ist, dass A immer wieder anrief, nachdem wir beide aus Paris zurückgekehrt waren. Ich erinnere mich an Claude. Ich erinnere mich, dass mich mein allererster Freund, den ich Eirik nenne, in New York besuchte. Er war der erste Junge, mit dem ich schlief. Ich war fünfzehn, fast sechzehn. An dem Tag, nachdem wir zusammen gewesen waren, zog ich mir eine Verbrennung zweiten Grades zu, nachdem ich zu lange in der Sonne gelegen hatte. Die Male an der Brust tauchen regelmäßig auf; wenn sie am deutlichsten sichtbar sind, erinnern sie mich an die Fußabdrücke eine großen roten Vogels.

Eirik nahm sich ein Hotelzimmer in der Nähe von Mutters Wohnung in der Upper West Side. Wir hatten einander Briefe geschrieben. Die Briefe habe ich nicht mehr. *Waren wir noch ein Paar?*

Im Februar 1983, nachdem Maxine etwas sah, das sie nicht hätte sehen sollen, wurde mir mitgeteilt, dass es nichts mehr gäbe, was sie oder jemand anderes für mich tun könne. Ich sei erledigt. Kein Fotograf habe jetzt noch Lust, mit mir zu arbeiten. Ich war das Mädchen, das aus Paris abgehauen war. Ich war das Mädchen, das sich falsch entschieden hatte. Maxine sagte nicht frei heraus, dass es meine eigene Schuld war, alles, alles, aber ich begriff, dass es meine Schuld war, dass es mit Scham zusammenhing. Oder Schamlosigkeit. Ich glaube, schamlos war das Wort, das sie benutzte. Aber es fühlte sich an wie Scham. Ich begann, abends auszugehen.

Als Eirik kam – neunzehn, dünn, lange blonde Haare – nahm ich ihn mit. Ich trank mehr als er, tanzte mehr als er, redete mehr als er.

Er sagte: Du hast dich verändert.

Selbstverständlich habe ich das.

Nein, ich meine dein Gesicht, sagte er.

Er sprach nicht so gut Englisch, und obwohl er mich darum bat, übersetzte ich ihm nie, was andere Menschen sagten. Er litt unter Jetlag. Ich sagte *mein Gott!* Es war Mai geworden. Eiriks Vater hatte gesagt, er dürfe nicht vergessen, sich die Kirschbäume im Central Park anzuschauen. Ich sagte, das könnten wir tun, aber es wurde nichts daraus.

Eines Abends saßen wir in einem Auto, zusammen mit einem Mann, den ich flüchtig von früher kannte. Der Mann ist nicht wichtig. Ich erinnere mich an ihn, aber ich wünschte, ich täte es nicht. Wir hatten vereinbart, uns in der Stadt zu treffen, damit ich ihm die Lederjacke zurückgeben konnte, die ich mir vor langer Zeit von ihm geliehen hatte. Der Mann war viel älter als ich, auch älter als Eirik, aber jünger als A. Eirik saß auf der Rückbank, ich saß vorn. Der Mann sagte – nein, ich erinnere mich nicht, was er sagte –, aber es ging darum, dass wir *den Jungen auf der Rückbank* im Hotel absetzen und bei ihm weitertrinken konnten. Ich lachte und nickte. Eirik sagte etwas auf Norwegisch. Ich drehte mich nicht um. Wir fuhren die Tenth Avenue hinauf. Ich drehte das Radio lauter. »Let's dance« donnerte aus den offenen Fenstern. Ich fuchtelte im Takt der Musik mit den Armen.

Ich habe Bowie erst vor ein paar Wochen in Toronto gesehen, sagte der Mann und trat aufs Gaspedal.

Ich zündete mir eine Zigarette an und lachte. Er sagte, dass er seine Lederjacke doch nicht benötigte. Eirik sagte etwas auf Norwegisch. *Hörst du, was ich sage*, meinte er. Die Ampel wurde rot. Während wir auf Grün warteten, beugte sich der Mann zu mir herüber und küsste mich. Sein Mund war nass und sabbernd und roch nach Schnaps. Eirik saß auf der Rückbank, nun ganz still. Die Lederjacke knirschte, als ich mich enger zu dem Mann hin lehnte.

Heute denke ich an die Jahre 1982–1984 als an einen einzigen langen, weißen Winter zurück, mit Zügen von anderen Jahreszeiten, anderen Farben. Ich blättere im Jahrbuch der Schule und ertappe mich dabei, an alle zu denken, die mir in Erinnerung geblieben sind, von denen ich jedoch keine Bilder habe, diejenigen, die fort, verschwunden sind, lebendig und tot. Eirik reiste ein paar Tage früher als geplant nach Norwegen zurück.

Ich fahre nach Hause, sagte er.

Okay, sagte ich.

Einmal, mehrere Monate später, es muss im Herbst 1983 gewesen sein, sah ich A an der Ecke 57th Street und Seventh Avenue. Er sprach mit einer großen, dunkelhaarigen Frau. Sie war viel größer als er. Es war windig. Menschen kamen aus aller Welt, um das farbenprächtige Laub im Central Park zu sehen. Ich zog die Lederjacke enger um mich. *Wenn er jetzt den Kopf hebt und über die Straße schaut, sieht er mich.* A legte den Arm um die große Frau, und sie verschwanden die 57th Street hinab und in ein Restaurant.

Einer von denen, die nicht in dem Jahrbuch abgebildet sind, der aber in dieselbe Schule ging wie ich, ist er, den ich John nennen will. Ich blättere und blättere, finde aber keine Bilder. Ich traf ihn nur ein einziges Mal, in der Schulcafeteria. Da war schon mehr als ein Jahr vergangen, seit ich aus Paris heimgekehrt war, mehr als ein Jahr, dass A anrief und mich bat, zu ihm zu kommen, mehr als ein Jahr, seitdem ich Claude ein letztes Mal in As Atelier begegnete, und genau ein Jahr, seit Eirik nach New York gekommen war und ein paar Tage später wieder fuhr.

Das Frühjahrshalbjahr 1984 war das letzte auf der High School, ehe ich auf die Universität ging. Wenn ich in der Schule war, etwas häufiger in diesem Jahr als im Vorjahr, sprachen alle über John, über den Jungen, der verschwand, sie redeten auf den Schulfluren und in den Klassenzimmern über ihn, bevor die Lehrer kamen, aber leise, murmelnd. Ich erinnere mich an die dünnen, dunklen Haare in seiner Stirn, die Größe, die langen, schlanken Arme und die aufrechte Haltung. Dieses eine Mal in der Schulcafeteria rollte er vorsichtig ein Plakat aus, das er gerade in diesem Tanzgeschäft am Lincoln Center gekauft hatte und mir zeigen wollte. *Irgendwem* zeigen wollte – und ich war zufällig gerade da.

Pass auf unsere Muffins auf, sagte er, als er das Plakat auf einem der Tische ausgerollt hatte.

Es war später Nachmittag, in der Cafeteria waren kaum Schüler, und sie wollten schließen. Wir hatten uns Heidelbeermuffins und schwarzen Kaffee geholt, und er wollte seinen frisch erworbenen Schatz vor Fingerabdrücken und Kaffeeflecken schützen.

Das Plakat zeigte die weißgekleidete Tänzerin Judith Jamison in der Solovorstellung *Cry*, mehrere Jahre zuvor von Alvin Ailey für sie choreographiert: ein dreiteiliges Werk, erzählte John, das zum Herausforderndsten gehöre, was ein Frauenkörper im Tanz leisten könne, eine Reise durch Misserfolge, politische und soziale, durch Trauer und Ekstase. Die fast eins achtzig große, muskulöse Judith Jamison hat mir den Atem geraubt, als ich sie auf der Bühne sah, sagte er.

Sie ist der Grund dafür, dass ich nach New York gegangen und Tänzer geworden bin.

Ich brauche nur die Augen zu schließen, sagte er, und sehe sie vor mir, weißgekleidet, kraftvoll, um den Mut heraufzubeschwören … ich glaube, das ist das richtige Wort, er beugte sich über das Plakat … den Mut ihrer Bewegungen heraufzubeschwören. *Cry* handelt von Frauen, sagte er und lächelte zurückhaltend, aber als ich in Philadelphia aufwuchs, war ich mir sicher, dass es auch von mir handelte, obwohl ich ein Junge bin.

Ich erinnere mich deshalb so gut, weil ich das Bild heute selbst besitze, das Plakat mit der weißgekleideten Judith Jamison, es hängt in dem schmalen Flur der Wohnung, die ich mir mit meinem Mann, Eva und dem schwarzen Hund teile, an der Wand. Es hängt gegenüber von dem Plakat mit Pina Bausch, das ich von meinem Vater geerbt habe – auch sie weißgekleidet.

Als ich ein Kind war, hat mir dieses Bild das Leben gerettet, sagte John.

Sind wir nicht immer noch Kinder, sagte ich, es sollte ein Scherz sein, aber er schüttelte den Kopf.

Spinnst du. Du bist siebzehn, nicht? Ich bin sechzehn. Wir sind keine Kinder mehr, seit wir zwölf waren.

Aber wie hat dir dieses Bild das Leben gerettet, fragte ich.

Sie ist so fucking lebendig, so *voller Möglichkeiten*, wenn du verstehst, was ich meine, sagte er.

Und dann fragte er mich, wo ich mich am meisten zu Hause fühle, in Oslo oder New York.

Ich weiß es nicht genau, sagte ich.

Aber in welcher Sprache sprichst du, wenn du träumst?

Das weiß ich auch nicht, sagte ich.

Du gehörst zu der Sprache, in der du träumst, sagte er.

Er wühlte in seiner Sporttasche, holte die Aufwärmhose heraus und legte sie auf den Cafeteria-Tisch, Suspensorium, schwarze Ballettschuhe, Tanzanzug, Tights, Socken, Stretchband, Wasserflasche, Fußrolle, Massageball, Haarspray, Hemd, das alles legte er auf den Tisch, und dann fand er, wonach er gesucht hatte, ein weiteres Bild (und dieses war gerahmt) von einem großen, weißen Hund.

Er ist größer als das Apartment, in dem ich hier wohne, sagte er. Ein Hund in New York ist unmöglich. Zumindest dieser Hund.

Wir blieben lange so stehen, über die Fotografie von dem Hund gebeugt.

Mein Hund ist so groß wie ein Baum, sagte er und machte eine Bewegung mit den Armen, wie um Bäume heraufzubeschwören, einen weißen Birkenwald.

Und dann verschwand er. Vielleicht erinnere ich mich auch deshalb so deutlich an ihn. Eine Zeitlang hieß es in jenem Frühjahr, John habe die Kusskrankheit bekommen, März-April-Mai 1984, dass er darum nie zur Schule kam, dann erzählte man sich, er habe eine Lungenentzündung, danach, er sei nach Philadelphia zurückgegangen. Auf der Schwelle von Mai zu Juni hörte ich die Schulbibliothekarin (dieselbe Frau, die drei Jahre zuvor Bilder von Twiggy für mich herausgesucht hatte) zufällig zu einer Lehrerin sagen, John habe Aids. Jetzt fängt es an, sagte sie, und es hört niemals auf.

Ich habe mir Mutters Sommerhaus geliehen, um zu schreiben. In dem überfüllten Bücherregal aus Kiefernholz finde ich eine Ausgabe von *A Tale of Two Cities* mit etwas, das wie eine Bleistiftzeichnung von einem frierenden und abgemagerten Gefangenen aussieht, auf dem Umschlag. Mutter hat in das Buch geschrieben, kleine Randnotizen, Ausrufezeichen und Krakeleien. Mit schwarzer Tinte hat sie den Satz unterstrichen: *Ich habe alte Stimmen gehört, die mir zuflüsterten.*

Alles ist aus Kiefernholz. Das Bücherregal, der Boden, die Decke. An jedem einzelnen kleinen Nagel an der Kiefernholzwand im Wohnraum hängen gerahmte Schwarz-Weiß-Aufnahmen von toten Verwandten, Frauen in zugeknöpften Kleidern und Männern in Uniform, und zwischen ihnen versteckt finde ich eine Fotografie von Mutter als kleinem Mädchen.

Das Bild ist kurz nach dem Krieg entstanden. Sie ist etwa neun Jahre alt. Sie steht dicht neben ihrer Mutter. Die Mutter (meine Großmutter) steht in der Mitte, und Mutters Schwester, die ältere der beiden Mädchen, steht auf der anderen Seite. Auf dem Bild ist Großmutter eine junge Frau von ungefähr fünfunddreißig Jahren.

Ich löse das Foto aus dem Rahmen, um zu schauen, ob etwas auf der Rückseite steht. Ich finde weder den Namen des Fotografen, noch in welchem Jahr das Bild gemacht wurde, aber ich schätze, es war 1947 oder 1948. Ich bin ratlos, beinahe erschrocken darüber, das Lächeln der jungen Frau (Großmutter) und der beiden Mädchen (Mutter und ihre Schwester) zu sehen, denn es ist möglich, ihr Lächeln als fast brutal erzwungen zu lesen, als zerstört in seiner Steifheit und seinem behaupteten Glück – oder vielleicht nicht Glück, sondern besser als ein Signal an alle, ein Zeichen, eine Manifestation, ein Gruß, ein Ruf, eine Erklärung, dass alles in Ordnung ist. Der Krieg ist vorbei. Vater ist tot. Finanziell sieht es übel aus. Um Großmutters Gesundheit steht es nicht zum Besten, bald wird man bei ihr Tuberkulose feststellen, und sie wird in das Ringvål Sanatorium eingewiesen. Aber wir wollen nichts davon auf dem Bild haben. Wir ziehen einen Schlussstrich unter alles Schlimme. Alles, was gewesen ist, und alles, was noch kommt. Alles ist gut, und alles wird gut werden.

Ich lege die Hand auf das Gesicht von Mutters Schwester, um zu sehen, ob ich eine ganz eigene Nähe zwischen Mutter und ihrer Mutter ablesen kann, Mutter steht so eng neben ihr, ist es so, dass sie sich ein wenig anlehnt? Mutters Lächeln wirkt ängstlicher als das der anderen. Ich betrachte erneut alle drei. Zwei Mädchen und eine Frau, fotografiert von der Brust aufwärts. Die Frau

(Großmutter) ist süß, aber in keiner Weise bemerkenswert, ein wenig anonym vielleicht, sie trägt ein geblümtes Kleid mit V-Ausschnitt und eine einfache Perlenkette um den Hals. Die junge Witwe und ihre beiden kleinen Töchter stehen dort 1947 oder 1948 und werden abgelichtet und tun, was ihnen der Fotograf gesagt hat, lächeln, nicht blinzeln. Wenn das Bild gerahmt ist und in der winzigen Zweizimmerwohnung in Trondheim an der Wand hängt, werden Besucher sagen, dass es ein schönes Bild ist, alle drei mit der kurzen, wogenden Bobfrisur, die zu jener Zeit beliebt war, Mutter und ihre Schwester tragen Blusen und exakt gleiche Schürzenkleider. Mutters Bluse, weiß mit einer Schleife um den Hals, hat sie sicher von ihrer Schwester übernommen, sie ist etwas weniger kunstvoll als die neue ihrer Schwester, die gestickte Blumen auf dem Kragen hat.

Der Hund und ich gehen an dem grünen Feld entlang, ich telefoniere mit Mutter, höre ihren Atem am anderen Ende.

Es ist fantastisch, sagt sie.

Was denn?

Es ist fantastisch, dass man im Internet nach verstorbenen Personen suchen und herausfinden kann, was mit ihnen passiert ist.

Am nächsten Tag, der Hund liegt auf dem Boden. Ich sitze an dem großen Kiefernholztisch.

Mutter ruft an. Sie bittet mich, nach einem Namen zu suchen, der ihr im Halbschlaf eingefallen ist.

Vielleicht habe ich das geträumt, sagt sie.

Ich gehe aus der Datei, an der ich arbeite, und gebe den Namen in das Suchfeld ein. Ich erzähle ihr, dass der Mann, von dem sie halbwegs geträumt hat, tatsächlich existiert. Oder existierte.

Er ist mittlerweile tot, sage ich, er starb in den Siebzigern.

Der Name war *Helge Sol* – das heißt, es war ein völlig anderer Name, aber so nenne ich ihn hier. Oberarzt Helge Sol, groß und schlank und blass, wohnhaft in Trondheim.

Ich finde im Internet ein Bild von ihm und schicke es Mutter über das komplizierte System, das wir aufgebaut haben und das sowohl Mail als auch Fax umfasst.

Ist es erlaubt, den Toten *nicht* zu verzeihen, fragt sie.

Ich weiß nicht, sage ich. Ich denke schon.

Als Fax ist das Bild undeutlich, gespenstisch, aber sie erkennt ihn.

Das ist er!

Ich sehe sie jetzt vor mir in dem großen Haus in Gloucester, Massachusetts. Sie sitzt am Küchentisch, mit dem roten Ahornbaum davor, sie hört ihn, er ist immer da, das Rascheln, der Wind, die Blätter, sie sitzt auf dem Stuhl, hat das unscharfe Fax vor sich.

Einst war Mutter ein kleines Mädchen von neun oder zehn Jahren und fürchtete sich davor, in die Schule zu gehen. Schließlich legte sie sich krank ins Bett und sagte ihrer Mutter, sie habe Bauchschmerzen. Mutters Mutter (Großmutter mit den eleganten Kleidern und den kurzen, grauen Haaren) tat so, als glaubte sie ihrer Tochter, tat so, als hätte sie Mitleid mit ihr, mein feines kleines Mädchen, sagte sie und strich ihr über die Haare, aber statt ihr wirklich zu glauben oder zu fragen, was nicht stimmte, rief sie den Arzt an, diesen großen, schlanken, blassen Oberarzt Helge Sol, den sie von früher her flüchtig kannte, vielleicht sogar ziemlich gut kannte, und lud ihn zu sich ein und ging mit ihm ins Kinderzimmer.

Guten Tag, sagte der Arzt,

Guten Tag, sagte die Mutter,

und dann sagte er: Und, du bist krank?

Ja, sagte Mutter und zog die Decke bis zum Kinn hoch, verbarg den schmächtigen Brustkorb vor dem Blick des Arztes.

Manche Tage waren besser als andere, und an den guten Tagen konnte Mutter auf ihrem Brustkorb spielen, als wären die Rippen Saiten eines Instruments, während sie gleichzeitig *Oh, Susanna, don't you cry for me* sang, und sie konnte »Das kleine Mädchen mit den Schwefelhölzern« vollständig rezitieren und alle, die ihr zuhörten, dahin bringen, dass ihnen die Tränen kamen, und sie konnte auf ihrem roten Fahrrad mit einem Fuß auf dem Fahrradsattel und einem Fuß in der Luft durch die Straßen der Stadt fahren, aber heute, also an jenem Tag, sagen wir an einem Wintertag 1948 verbirgt sie sich unter der Decke. Sie sieht ihre Mutter flehentlich an, als Helge Sol sagt, sie solle aufstehen und sich anziehen. Sie sieht sie flehentlich an, aber ihre Mutter hat sich weggedreht. Sie muss aus dem Bett aufstehen, während der Arzt sie anstarrt, sie muss das weiße Nachthemd ausziehen, sie muss dort nackt stehen, barfuß auf dem kalten Holzfußboden, während sein Blick sie mustert, vierundzwanzig Rippen, Hummelstichbrüste. Sie muss, ja sie muss, sie muss durch das Zimmer gehen, das Kleid aus dem Schrank holen, ins Krankenhaus mitkommen – und dort – dort im Krankenhaus ordnet Dr. Helge Sol an, dass sie auf der Station für *sehr kranke Kinder* aufgenommen wird, als Strafe, sagt sie, weil ich gelogen und gesagt hatte, ich wäre krank und könnte nicht in die Schule gehen.

Mutter erzählt von ihrer Schwester. Der mit den Blumen auf dem Kragen.

Wir lagen in unseren Schlafkojen, sagt sie, ich lag oben, und meine Schwester lag unten. Und lange, bevor meine Schwester anfing, abends auszugehen, lange, bevor bei meiner Mutter Tuberkulose diagnostiziert wurde und sie ins Ringvål Sanatorium kam, lange, bevor sie aus dem Ringvål Sanatorium heimkehrte und ebenfalls anfing, abends auszugehen, lange, bevor ich allein in der oberen

Schlafkoje in der leeren Wohnung in dem Versicherungsgebäude lag, voller Angst vor der Dunkelheit, Angst vor der Einsamkeit, Angst, Angst, Angst, lange, bevor ich als Strafe dafür, dass ich gelogen hatte, in der Station für sehr kranke Kinder aufgenommen wurde, lange vor all dem, sangen meine Schwester und ich jeden Abend, bevor wir einschliefen, füreinander.

Mutter singt leise –

Keiner ist so sicher in Gefahr,
wie Gottes kleine Kinderschar,
der Vogel nicht versteckt im Laub,
der Stern nicht hoch überm Staub.

Das Lied hat sechs Strophen, sagt Mutter, aber wenn wir zur vierten Strophe kamen, mussten wir immer lachen, weil wir es nicht lassen konnten, uns Gott vorzustellen, der alle Haare auf den Köpfen aller Kinder in der ganzen Welt zählte, jedes einzelne kleine Haar, und auf wie viele Haare er kam, und wie lange es dauerte, bis er anfangen konnte, die Tränen zu zählen, und mit der Zeit, sagt Mutter, sangen wir nur noch die vierte Strophe.

Unser Haupthaar er zählt,
jede Träne, die fällt.
Er nährt und kleidet uns,
schenkt in Trauer Freude uns.

Und da bin ich es, die ein kleines Mädchen ist und neben Mutter in Mutters Bett liegt.

1948 ist lange her.

Und bis 1983 ist es noch lange. Acht, neun, zehn, vielleicht elf Jahre voraus in der Zeit.

Es ist Abend, bald Nacht.

Mutter singt leise –

Unser Haupthaar er zählt,
jede Träne, die fällt.
Er nährt und kleidet uns,
schenkt in Trauer Freude uns.

Mutter zieht die Hand durch meine Haare.

Jetzt gibt es nur noch dich und mich auf der ganzen Welt, sagt sie.

Meine und Mutters Geschichte ist so durchzogen von Vergessen und Liebe, dass ich uns neu erfinden muss.

Paris, Januar 1983: Ich sitze auf dem Schminkstuhl. Ein Mädchen steht im Türrahmen. Sie ist auf dem Weg in das große, helle, bunkerartige Fotoatelier. Sie ist mit Mütze und Mantel bekleidet. Ich selbst habe heute weder Mütze auf noch Mantel an. Ich bin seit mehr als vierundzwanzig Stunden in Paris, und sowohl die Mütze (die rote) als auch der Mantel (der blaue) liegen zusammengefaltet auf einem Stuhl in As leerer Wohnung. Die Lampen dort sind ausgeschaltet, das große Zimmer – der kleine Tisch, die zwei Stühle, die Stereoanlage, der Barschrank, die Bücherregale, das ungemachte Bett mit den weißen Laken – wird nur von der Wintersonne erhellt, die zum Fenster hereinscheint.

Das Mädchen, das auf dem Weg in das Fotoatelier, den Bunker, ist, dürfte genauso alt sein wie ich oder vielleicht ein Jahr jünger.

Wenn man sechzehn ist, wie ich es damals war, ist das *Alter* so ziemlich das Erste, was man herausfindet, wenn man einer Gleichaltrigen begegnet.

Bist du sechsundsechzig, siebenundsechzig oder fünfundsechzig geboren?

Bist du in den Siebzigern auf die Welt gekommen, bist du noch zu jung, um zu zählen.

Das Mädchen im Türrahmen schafft es nicht einmal einzutreten, ehe Claude auch schon losschreit. Stopp, stopp, stopp. Komm hier nicht herein. *Was zum Teufel.*

Ich hatte keine Ahnung, dass ich fast vierzig Jahre später immer noch spüren kann, wie Claudes Stimme rostig, schleimig in meine Gehörgänge kriecht, so als wären nicht nur seine Haare, sondern auch seine Stimme mit Pomade eingeschmiert.

Vite, vite, vite
Was zum Teufel
Komm hier nicht rein
She's a piece of sex

Nein, ich bemerke Claude kaum, diesen kleinen, fetten Mann mit den teuren Uhren in der Innentasche, als ich auf einem hohen Stuhl vor den Spiegeln sitze, im grellen Licht, und von einem ungefähr zwanzigjährigen Jungen geschminkt werde. Er nimmt einen dicken Pinsel, taucht ihn in ein Töpfchen und beginnt, an meinem Gesicht zu arbeiten.

Zuerst eine vollkommen weiße Leinwand, sagt er, danach dann die Verwandlung.

Wie alt bist du? Gerade sechzehn geworden? Du siehst jünger aus.

Er sagt: Das Ziel ist, dass du wie eine Zwanzigjährige aussiehst, die wie eine Vierzehn- oder Fünfzehnjährige aussieht.

Ich wünschte, er und ich könnten Freunde sein. Kann ich ihm das sagen? Dann hätten wir zusammen ausgehen, im Café sitzen können, oder auf einer Bank im Park, hätten uns die vorbeilaufenden Menschen anschauen, uns Geschichten für sie ausdenken können.

Sie träumen von legaler Kindesentführung, sagt er und nickt zu A und Claude und allen anderen hinüber, den Assistenten und Redakteuren, die wie am Vortag in dem Bunker umherschwirren. Es sind nicht dieselben Assistenten und Redakteure wie zuvor, aber sie verhalten sich auf die gleiche Weise.

Der Junge mischt Farben auf einer Palette, und als die Musik den Raum erfüllt, beginnt er, zu der Platte mitzusingen, gleichzeitig sieht er uns beide im Spiegel an.

Gefällt es dir, ruft er.

Ich nicke und singe leise *Here comes the …*

Nein, nein, beweg dich nicht, unterbricht er mich und lacht, sing nicht, beweg die Lippen nicht, sonst kann ich dich nicht schminken.

Entschuldige, sage ich und schließe den Mund.

Der Junge singt weiter.

Here comes the mirror man
Says he's a people fan

Der gestrige Tag lässt sich mit dem heutigen Tag nicht vergleichen. Am gestrigen Tag saß ich versteckt in einer Ecke, mit einem Pappteller voller Essen, und schaffte es nicht, es ordentlich zu essen, am gestrigen Tag war ich nur im Weg und nicht in der Nähe von allem, dem ich heute nahe bin.

Habe ich dich gestern nicht hier gesehen, fragt der Junge, der mich schminkt. Er beugt sich vor, runzelt die Stirn und begegnet meinem Blick im Spiegel.

Ich zucke mit den Schultern.

Ich habe kurz vorbeigeschaut, sage ich ihm, bin aber nicht lange geblieben.

Ich erzähle nicht, dass ich gestern mit Claude ins Atelier gekommen bin, ich erzähle nicht, dass ich gestern in der Ecke saß und im Weg war, ich erzähle nicht, dass ich gestern hungrig war, ich erzähle nicht, dass ich gestern betrunken war von Gin und Tonic auf leeren Magen oder dass ich mit einem Zettel in der Hand die Straßen auf und ab ging, dass ich nur eins wollte, mein Hotel finden und Mutter anrufen, um ihr zu sagen, es ist alles in Ordnung, alles in Ordnung. Ich erzähle nicht, dass ich gestern, oder besser gesagt, heute früh, um halb drei Uhr morgens, sämtliche Treppen zu As Wohnung in völliger Dunkelheit hochstieg.

Nein, der gestrige Tag lässt sich mit dem heutigen Tag nicht vergleichen.

Heute bin ich seit mehr als vierundzwanzig Stunden in Paris. Heute soll ich von A fotografiert werden. Heute erwachte ich neben A in As weißen Laken, mit Übelkeit und Jetlag und Schmerzen im ganzen Körper.

Aber nicht verloren wie gestern, sagte jemand, vielleicht warst du es.

Was hast du gemacht, als du neben A aufgewacht bist?

Was ich gemacht habe?

Ich kniete mich im Bett hin und wickelte das obere Laken um meinen Körper. A lag noch da und schlief mit offenem Mund, es war Speichel auf sein Kinn gelangt, er atmete schwer. Ich beugte mich über das schlafende Gesicht. Die Wintersonne schien zum Fenster herein, es tropfte ein wenig Licht auf ihn herab. Die dunklen Locken auf dem weißen Kissen waren matt, der offene Mund war schlaff, die Nase schmal, weich und voller winziger roter Punkte, die mir bis dahin nicht aufgefallen waren. Er lag ausgestreckt, nackt unter seiner Decke, ich kniete über ihm, in Weiß gewickelt. Ich hob die Decke an, betrachtete seinen Körper, von oben nach unten. Die dünnen, behaarten Beine, der feuchte Schwanz, wie eine Schnecke ohne Haus, der schwammige Bauch, den er jetzt, im Schlaf, nicht einzog, der faltige Hals.

Kann ich hier einfach in der Stille sitzen und ihn anschauen?

Natürlich kannst du das.

Ich kichere leise.

Er ist so hässlich, wie er dort schlafend liegt, nicht ahnend, dass er betrachtet wird, so alt, so verlebt, so *all out of tricks*.

Ich weiß nicht, wie lange ich dort saß und ihn ansah, während er schlief, aber dann war es nach einer Weile, als würde auch dieser Wintertag beschließen, richtig anzufangen, die Sonne erblühte am Himmel und füllte die gesamte kleine Wohnung in Paris mit Licht. A öffnete die Augen und sah direkt zu mir auf, begegnete meinem Blick.

Fuck, sagte er.

Er sah ängstlich aus. Oder wütend. Oder beides.

Ich hätte ihn nicht betrachten sollen, während er schlief.

Doch, das hättest du, warum nicht?

Er schloss die Augen und öffnete sie wieder, strich sich mit der Hand durch die Haare, schüttelte sich und setzte sich auf, zog das Laken um sich.

Jetzt knieten wir beide im Bett, von Angesicht zu Angesicht, jeder von uns in ein weißes Laken gewickelt.

Guten Morgen, sagte er und grinste, das Furchtsame, das Wütende nicht mehr so deutlich. Er strich mir über die Wange. Er lehnte sich zurück und warf einen Blick auf die Armbanduhr, die auf seiner Seite auf dem Fußboden lag.

Wir müssen noch nicht los, sagte er und drehte sich wieder zu mir um. Er zog mich an sich.

Ich schüttelte den Kopf.

Was bedeutet das, flüsterte er, seine Stimme in meinem Ohr, sein Körper ganz eng an meinem, der Schwanz hart, nur die weißen Laken zwischen uns, was bedeutet das, wenn du den Kopf schüttelst, bedeutet es, dass du nicht willst, er lachte hart, oder bedeutet es, dass du auch der Meinung bist, dass wir noch nicht wirklich losmüssen?

Ich weiß nicht, wie viele Male ich auf seinem kalten blauen Badezimmerfußboden lag, wie viele Male ich mich über die Toilettenschüssel beugte und übergab. War es an diesem Morgen, oder am Morgen danach, oder wiederum nach diesem, dass er an die Tür klopfte und sagte: Was machst du da drinnen eigentlich?

Und ich antwortete: Ich schminke mich.

Nein, der heutige Tag – mein zweiter in Paris, lässt sich nicht mit dem gestrigen Tag vergleichen. Es ist neun oder vielleicht auch zehn Uhr. A und ich setzen uns in den roten Jeep, er am Steuer, ich daneben, fast so, als wären wir ein Paar, um gemeinsam zu dem Fotoatelier zu fahren, zu dem Bunker, aber vorher kauft er in einem Café um die Ecke von seiner Wohnung Sandwiches und Kaffee, wir essen im Auto, ich schaffe nicht das ganz Sandwich, der Schinken ist dick und rosa mit einem breiten Fettrand. Mir wird wieder schlecht. Ich packe es in das Papier und lege das Päckchen auf meinen Schoß.

Jetzt fahren wir zu deinem Hotel, damit du dich umziehen kannst, sagt A und schaut nach vorn. Er hat das Fenster heruntergedreht. Er raucht.

Das Hotel. Mein Hotel.

Weißt du denn, wo es ist?

Ja, natürlich weiß ich das.

Ich habe immer noch das kurze Kleid an, das ich mir von dem Übersetzermädchen geliehen habe. Darüber trage ich eine große weiße Windjacke, die ich mir von A geliehen habe.

Wir waren in seiner Wohnung, auf dem Weg hinaus, und er sagte: Du siehst in meiner Windjacke sexyer aus als in deinem schicken Mantel.

Okay, sagte ich und zog die Windjacke enger um mich.

Und lass deine Mütze liegen, sagte er und zeigte auf die rote Mütze, die auf dem zusammengefalteten blauen Mantel auf dem Stuhl lag, du kannst in Paris nicht ständig mit einer Mütze herumlaufen.

Er lässt den Jeep an. Drückt auf den Kassettenrekorder.

Jimi Hendrix. »The Wind Cries Mary«.

Du magst die Platte wirklich sehr, murmele ich.

Er antwortet nicht, zündet sich eine Zigarette an.

Es ist weit bis zum Hotel, von seiner Wohnung aus kann man nicht zu Fuß hingehen, das Hotel ist von nirgendwo zu Fuß erreichbar, ich versuche, mir den Weg zu merken, muss aber aufgeben, er fährt so schnell, biegt hierhin ab, biegt dorthin ab, ich schaue auf mein ungegessenes Sandwich, in Papier gepackt, und denke daran, als Mutter mir als Kind »Hänsel und Gretel« vorlas. Hänsel und Gretel verliefen sich auch, denn die Brotkrümel, die Hänsel hinter sich in den Wald streute, um den Weg nach Hause zu finden, wurden von den kleinen Vögeln gefressen.

Wenn es heute gut läuft, sagte A, wenn alles gut läuft, wenn du dich nicht auf eigene Faust in der Stadt herumtreibst und nicht die ganze Zeit heulst und dich wie eine undankbare kleine Bitch aufführst, wenn du tust, was ich dir sage, was ich vorschlage, wozu ich dir rate, ist das hier nur der Anfang. Die französische *Vogue* ist interessiert. Das könnte dein Leben verändern, verstehst du? Das wäre dann später diese Woche. Aber nur, wenn ... Er dreht den Kassettenrekorder lauter, zündet sich eine neue Zigarette an, fährt beinahe auf ein anderes Auto auf, ruft *fuck*, *fuck*, *fuck*, verstehst du, sagt er, verstehst du, dass all das Gute, all das Tolle, all das Schöne nur passiert, wenn du nicht totale Scheiße baust.

Vor meinem Hotel bremst er abrupt.

Beeil dich, sagt er.

Ich muss meine Mutter anrufen, sage ich.

Ich öffne die Autotür und springe aus dem Jeep.

Grüß sie von mir, sagt er.

Ich lege das Sandwich in die Tasche.

Oder weißt du was, sagt er und schaut auf seine Armbanduhr, grüß sie nicht von mir. Ruf sie gar nicht an.

Aber ich habe es ihr versprochen, sage ich, ich habe ihr versprochen anzurufen.

Die Geschäftsführerin sitzt in einer kleinen Kammer hinter der Rezeption halb schlafend auf einem Stuhl. Eine Katze liegt auf dem Empfangstresen und streckt sich, die anderen Katzen liegen und sitzen auf dem Boden und den Treppenstufen. Die Katze auf dem Tresen miaut (als wäre sie ein Wachhund), sobald ich ihr ins Auge falle, miaut so laut, dass die Hotelfrau zusammenzuckt, sich die Augen reibt und aufsteht.

Sie humpelt zum Schlüsselschrank und stellt sich hinter den Tresen, streckt sich ein wenig, streichelt die Katze, die weiter miaut und buckelt, bis ihr gesagt wird, sie solle damit aufhören.

Du, sagt sie und begegnet meinem Blick

Sie sieht fast ungläubig aus, so als sähe sie ein Gespenst.

Ich lächele.

Du, sagt sie wieder.

Sie mustert mich (so fühlt es sich jedenfalls an), meine zerzausten Haare, die viel zu große Windjacke, das kurze, geliehene Kleid, die schwarzen Strümpfe.

Du, sagt sie ein drittes Mal, und dann, leise, als müssten wir aufpassen, was wir sagen: *Wo bist du gewesen?*

Sie spricht Französisch, aber ich verstehe, was sie sagt, es ist nicht schwierig, ich antworte auf Englisch, dass ich bei einem Freund übernachtet hätte – einer Freundin –, während ich spreche, sehe ich das Übersetzermädchen vor mir, sehe die Wohnung vor mir, die sie sich mit Mia teilt, das unordentliche Bad, das kalte Baguette, sehe vor mir, wie ich dort schließlich einschlief, auf der Couch, oder neben dem Übersetzermädchen im Bett.

Die Hotelleiterin schüttelt den Kopf.

Deine Mutter hat angerufen.

Das weiß ich, sage ich.

Wir sprechen jeder in seiner Sprache, verstehen uns aber problemlos, so als gäbe es eine große, dunkle, gemeinsame Sprache, die unter unseren Worten wogt.

Ich rufe jetzt zu Hause an, sage ich.

Die Hotelleiterin nickt, sieht mich weiter mit ihrem ungläubigen Blick an.

Sie hat einmal angerufen, dann wieder, dann noch einmal, du bist die ganze Nacht fort gewesen, die ganze lange Nacht.

Die Hotelfrau kommt auf mich zu, geht an mir vorbei, geht bis zur Tür, öffnet sie und schaut hinaus. Sie sieht A, der nur im Hemd auf dem Bürgersteig steht und raucht.

Sie schließt die Tür, kehrt zur Rezeption zurück, nimmt den Schlüssel aus dem mahagonifarbenen Fächerregal und drückt ihn mir in die Hand.

Du musst auf dich aufpassen, sagt sie und streicht mir über den Kopf. Sie ordnet meine Haare, als wäre ich ein kleines Mädchen, das zur Schule gehen soll, glättet sie, führt sie sorgsam hinter meine Ohren.

Ich muss mich beeilen, sage ich und gehe rückwärts.

Ich widerstehe dem Verlangen, mich umarmen zu lassen.

Das sechzehnjährige Mädchen wählt die Nummer ihrer Mutter in New York. Nicht die Büronummer. Nicht die Privatnummer. Sondern die *geheime* Nummer. Die Telefonnummer, die das Mädchen möglichst nicht anrufen soll, weil – so lautet die Erklärung der Mutter – die geheime Nummer für den Fall, dass jemand mit einer wichtigen Nachricht anruft, niemals besetzt sein soll. Aber das ist wichtig. Mama, ich hätte dich gestern Abend um zehn Uhr anrufen sollen, und das habe ich nicht getan. Hast du gewartet? Hast du Angst gehabt? Ich glaube nicht, dass ich mich fragte, ob sie Angst hatte. Ich glaube, ich fragte mich, ob sie wütend auf mich sein würde. Weil ich nicht im Hotel war, als ich dort sein sollte. Weil ich mich nicht an unsere Abmachung gehalten hatte. Weil ich mich nicht an die Heimkehrzeit gehalten hatte, auf die wir uns verständigt hatten, zehn Uhr. Weil ich mich mitten in der Nacht verirrte. Weil ich bei A war. Weil ich A um mehr bat. Nicht aufhören, sagte ich, nicht aufhören. Weil ich mit dieser Begierde geboren wurde. Weil ich mich in der Wohnung eines erwachsenen Mannes immer wieder übergab. In Paris ist es Morgen, und in New York ist es mitten in der Nacht. Mutter geht sofort an den Apparat.

Hallo?

Mutters *Hallo* lässt sich unmöglich deuten.

Ich bin es.

Wo bist du gewesen?

Ich bin … ich habe bei einer Freundin übernachtet.

Einer Freundin?

Einem Mädchen, das ich gestern kennengelernt habe.

Warum hast du mich nicht angerufen? Warum warst du nicht auf deinem Zimmer? Wir hatten eine Abmachung.

Ich wollte anrufen … ich schwöre … aber dann tat es das Telefon bei meiner Freundin nicht, und dann verging die Zeit, und ich wollte dich nicht wecken, aber vielleicht habe ich dich ja jetzt geweckt, denn jetzt ist es bei dir ja mitten in der Nacht.

Ich habe immer wieder angerufen, sagt sie daraufhin, glaube ich, aber ich höre ihre Stimme kaum, entweder ist die Verbindung schlecht, oder sie spricht nicht in den Hörer, oder sie ist so wütend, dass sie außer Stande ist, richtig zu sprechen, ich habe dich um zehn Uhr angerufen, was der verabredete Zeitpunkt war.

Seit du geboren wurdest, habe ich Angst, dich zu verlieren.

Wo bist du jetzt?

Ich bin im Hotel.

Aber gestern Abend um zehn warst du nicht im Hotel?

Aber Mama …

Nein, ich will das nicht hören.

Ja, aber dann hör mir doch zu.

Du hast dich nicht an unsere Abmachung gehalten.

Ich habe nicht …

Wir hatten eine Abmachung.

Aber Mama …

Du hast dich nicht an unsere Abmachung gehalten.

Aber Mama (die Stimme darf nicht versagen), ich will nach Hause!

Ich will nach Hause.

Ich will nach Hause. Das waren die Worte, die ich sagen wollte, zu sagen versuchte, *meiner Erinnerung nach sagte*, aber ich glaube nicht, dass es die Worte waren, die damals, im Januar 1983, aus meinem Mund kamen.

Ich glaube, was herauskam, war: *Aber Mama, ich muss jetzt los.*

Bald werde ich mich ausziehen und einen weißen Morgenmantel anziehen. Er soll um die Taille zugebunden und über die Schultern herabgezogen werden, damit der ganze Hals und die Schulterpartie nackt sind. Es sind die langen Ohrringe, die einem ins Auge fallen sollen, wenn man das Magazin aufschlägt und das Bild betrachtet.

Claude schreit das Mädchen an, das in Mütze und Mantel auf der Türschwelle steht, dass ihre Fresse aussehe wie eine Fotze.

Das Mädchen ist nicht ich, und heute ist nicht gestern.

Schäm dich, schreit Claude, als wäre das Gesicht des Mädchens eine Beleidigung für etwas allzu Weichherziges in ihm. Er fuchtelt mit den Armen, *schäm dich, schäm dich.* Das Mädchen beginnt zu weinen. Schäm dich, dass du hier im Atelier auftauchst und deine Fresse aussieht wie eine Fotze. Überall Pickel, wie ein Schulmädchen. A schaut zu Claude hinüber. *Was ist los?* Die Musik läuft weiter, aber mehrere, die sich unablässig durch den Raum bewegt haben, halten inne und sehen zur Tür. A legt die Kamera ab, geht zur Tür und sagt leise zu Claude, er solle sich beruhigen. Er wirft einen Blick auf das Mädchen. Nimmt ihr Gesicht in seine Hände und dreht und wendet es.

Claude hat recht, sagt er ruhig, mit diesem Gesicht kann ich keine Bilder von dir machen, geh nach Hause und zeig dich hier nicht noch einmal so, das da ist nichts, was wir mit Make-up und Beleuchtung wegzaubern können.

Und jetzt bin ich bald an der Reihe, fotografiert zu werden.

Ich bin so geschminkt, dass es aussieht, als wäre ich ungeschminkt.

Unberührt, sagt der Junge, der mich geschminkt hat, zufrieden mit seinem Werk, das ist der Trick, sagt er leise, das ist es (ungeschminkt, unberührt), was A zu einem so gefragten Fotografen gemacht hat, zum Teufel mit dem ganzen Make-up, dem dramatischen Licht, den gewagten Blickwinkeln.

Ich setze mich auf den hohen Hocker, in den Lichtkegel, ziehe den Bademantel von den Schultern.

Ich bin bereit.

A kommt auf mich zu, lächelt.

Ein leichtes Kneifen des Ohrläppchens, als ich die Ohrringe anziehe.

Die Bäume im Torshovpark sind verblüht. Es liegen haufenweise Flügelnüsse am Wegrand und unter den Bäumen, auf den Rasenflächen verstreut. Es besteht kein Grund zur Beunruhigung, erklärt ein Forscher, der in der Zeitung interviewt wird. Die Ulmen sind nur besonders fruchtbar.

Mutter und ich sitzen nebeneinander auf einer Bank. Normalerweise lebt sie in Massachusetts, aber jetzt ist sie für ein paar Wochen daheim in Norwegen. Ich habe Zimtschnecken dabei. Sie erzählt mir von allem, was sie jetzt tun möchte, wenn die Welt sich vielleicht wieder öffnet, von den Rollen, die sie angenommen, den Reisen, die sie geplant hat. Warum Dinge verschieben, sagt sie. Wenn man über achtzig ist, ist es dumm zu warten. Sie nimmt sich eine Zimtschnecke.

Die hat meine Nachbarin gebacken, sage ich.

Das sind die besten Zimtschnecken, die ich in meinem ganzen Leben probiert habe, sagt sie.

Mutter ist frühlingshaft angezogen in Kleid, roter Strickjacke und Stiefeln. Ich sitze am anderen Ende der Bank, mit ausreichend Abstand, in einem dünnen schwarzen Mantel und weißer Mütze, es ist fast Sommer.

Stimmt es, dass deine Haare lang geworden sind, sagt sie.

Ja.

Darf ich es sehen?

Ich schüttele den Kopf.

Kannst du nicht einfach die Mütze absetzen und sie mir zeigen, sagt sie.

Ich will meine Mütze nicht absetzen, sage ich, es ist kalt.

Es ist überhaupt nicht kalt, sagt sie.

Ich seufze.

Wie läuft es mit dem Schreiben, fragt sie.

Es läuft gut.

Schreibst du über damals in Paris?

Ja.

Und dann, jäh: Woher willst du wissen, dass du dich richtig erinnerst?

Oh, Mama, ich weiß es nicht.

Ich sage nichts über das Vergessen. Über einen weißen Farbklecks, wo die Gesichter sein sollten. Ich sage auch nichts über das Trinken. *Mit dem Alkohol zu leben heißt, in der Nähe des Todes zu leben*, schrieb Duras. Über all das sprechen Mutter und ich nicht. Äußerst vorsichtig sind wir zusammen.

Mutter reist wieder zu ihrem Partner und dem großen Haus in Massachusetts zurück, ich bestelle weiter Waren, die ihr nach Hause geliefert werden.

Brot
Reis
Shampoo, das gut riecht
Spaghetti

Ich weiß nicht – jetzt, da sie geimpft ist, und nach der langen Zeit mit Lockdowns und deren Aufhebung –, ob sie mir aus Rücksicht auf sich selbst oder aus Rücksicht auf mich weiter Einkaufslisten schickt. Ich glaube, es hat mit Sehnsucht zu tun. Sie schickt, ich bestelle, Waren werden geliefert. Das Brot. Der Reis. Das Shampoo. Das ist der Alltag, über den wir gesprochen haben.

Vor gar nicht so langer Zeit rutschte ihr am Telefon heraus, dass sie im Geschäft gewesen war und eingekauft hatte.

Ich sagte: Ist das für dich jetzt in Ordnung, Mama, ins Geschäft zu gehen? Fühlst du dich sicher dabei?

Sie wurde still.

Als ich ein Kind war, und auch, als ich sechzehn war, sprachen alle über Mutters Schönheit. Ich erinnere mich, dass A etwas über ihre Augen, ihre Lippen, ihre Verletzlichkeit sagte, als wir eng zusammenlagen, das Fenster zur Straße geöffnet.

Was ich so wunderbar an ihr finde, erzählte ich ihm daraufhin, ist ihr Lachen. Ich würde alles dafür tun, sie zum Lachen zu bringen.

Und jetzt (am Telefon) lachte sie.

Ich hatte es nicht einmal versucht, und sie lachte.

Sie lachte und lachte in dem großen, einsamen Haus in Massachusetts.

Nein, nein, ich war nicht im Geschäft, sagte sie, ich war natürlich nicht im Geschäft, nicht *richtig*, ich war nur ganz kurz dort, um eine Haarbürste und Tageszeitungen zu kaufen – eine Haarbürste, weil ich die verloren habe, die ich mir vor der Pandemie gekauft habe, ich weiß nicht, wohin sie gekommen ist, aber eines Tages war sie plötzlich weg –, der Punkt ist, und ich habe einen Punkt, und der ist, dass ich mich absolut nicht sicher fühle, überhaupt nicht, ich möchte sehr gerne … wenn du kannst und Zeit hast … dass ich dir weiter meine Einkaufslisten schicke und du die Sachen für mich bestellst, wie wir es immer machen.

Und damit es zu keinen weiteren Missverständnissen kam, schickte (faxte) sie mir direkt, nachdem wir aufgelegt hatten, eine neue Einkaufsliste:

1 Liter Milch
Kaffee
Weißes Seidenband (um Geschenke einzupacken)
Käse

Ganz unten auf dem Blatt hatte sie ein Selbstporträt gezeichnet – ich glaube jedenfalls, dass es ein Selbstporträt war –, die Zeichnung stellte ein Mädchen mit langen Haaren und Sommersprossen dar. Das Mädchen saß an einem Fenster, die Knie unter das Kinn gezogen. Vor dem Fenster konnte man vage einen wuchernden Garten und einen großen Ahornbaum erkennen.

Und nochmal. Nur dieses eine Bild wurde in dem Magazin abgedruckt, aber ich erinnere mich, dass er knipste und knipste. Ich weiß nicht, wie lange ich auf dem hohen Hocker saß, mitten in dem Lichtkegel, nackte Schultern, lange Ohrringe. Minuten, Stunden. Wir üben, wir beginnen von Neuem, wir werden niemals fertig. Und noch einmal, sagte er, beweg dich nicht. Er kam auf mich zu, öffnete und schloss den Mund und zeigte mit der Hand, dass ich das Gleiche tun sollte. Ich öffnete und schloss den Mund. Schön, sagte er. Und nochmal. Und nochmal. In dieser Nacht, oder der nächsten Nacht, in seiner Wohnung, in den weißen Laken, die jede Nacht dieselben waren. In dieser Nacht sagte er, wenn ich auf Bildern schön sein wolle, und das wolle ich doch, ja, dann müsse ich verdammt nochmal lernen, mich zu entspannen. *Fuck*, sagte er. Ich erinnere mich nur bruchstückhaft, was er sagte. Manchmal sagte er *fuck* und meinte vögeln, manchmal sagte er *fuck* und meinte Mist. Manchmal meinte er sicher beides. Wenn du angespannt bist, sagte er, brennt sich das in dein Gesicht ein, vor allem rund um den Mund und die Lippen. Eine schöne Frau mit steifen Lippen ist überhaupt nicht schön. Eine Sechzehnjährige mit steifen Lippen. *Fuck*. Niemals. Und nochmal. Er lächelte, er öffnete und schloss den Mund. Wir liegen auf den weißen Laken. Ich habe mich ausgezogen. Lange, kräftige Beine, langer Hals, breite Stirn, großer Mund, runde Brüste, die noch nicht ganz entwickelt sind. Der weibliche Körper ließ auf sich warten. Meine Tage bekam ich erst mit fünfzehn. Und nach Paris verschwanden sie wieder. Und so, wie meine Brüste damals aussahen – in jenem Winter 1983 –, hat nur A sie gesehen, und vielleicht noch *einer*.

In den weißen Laken, die jede Nacht dieselben sind, küsst er mich. Nochmal. Und nochmal. Er küsst feucht und redet und küsst und redet, und mit der Zeit gibt es keinen Unterschied zwischen den Worten und den Küssen. Er zieht mich an sich, hält mich fester als in der Nacht davor und wiederum fester als in der Nacht davor, so als eilte etwas, so als würde ich mich auflösen und verschwinden, wenn er mich nicht fest an sich gedrückt hielte. Seine Haare, die genauso lang oder etwas länger sind als meine, legen sich auf mein Gesicht wie tausend Fäden. Er stopft ein Kissen unter meinen Hintern, so dass er mich noch fester halten und noch näher herankommen kann. Er lacht und streicht mir mit den Fingern durch die Haare.

Jedes Mal, wenn die Übelkeit in mir aufwallt, laufe ich ins Bad und übergebe mich.

Jedes Mal, wenn er kommt, schließt er die Augen und ich öffne meine.

Jedes Mal, wenn er einschläft, schließt er die Augen und ich öffne meine.

Ich wickele mich in das weiße Laken und setze mich im Bett auf. Ich weiß es. Ich weiß, dass es unverschämt ist, ihn mir anzusehen, wenn er schläft. Dass es unverschämt ist, sich Nacht für Nacht für Nacht auf die Art das Recht dazu herauszunehmen. Ich bin kein Mann. Ich bin keine Erwachsene. Es ist unverschämt, es ist begeisternd. Ich zupfe die Decke von ihm. Der fast fünfundvierzigjährige, nackte Männerkörper weist hier und da Haarbüschel auf. Wenn er schläft, hat das Alter ihn bereits fest im Griff. Er ist so schutzlos. Seine langen, dünnen Locken. Vielleicht sollte ich sie ihm abschneiden. Die Begierde ist jetzt völlig verschwunden. Ich will ihn nicht haben. Der Schlaf hat das alles genommen. Sein Körper beult aus und schrumpft ein. Meiner tut das nicht. Ich bin sechzehn. Er hört nicht, dass ich kichere. Er schläft so tief. Sein Körper erinnert an Obst, an überreife Äpfel in einer Schale auf dem Tisch unter dem Fenster.

Wenn er erwacht, habe ich mich häufig wieder hingelegt. Er zieht mich an sich. Er flüstert mir etwas ins Ohr. Er erzählt mir von seiner Familie. Der Frau. (Er hatte mehrere.) Den Söhnen. Dem Haus am Meer. Er sagt: Ich möchte, dass du meinen ältesten Sohn kennenlernst.

Komm an einem der Wochenenden vorbei. Mein Sohn ist nur zwei Jahre älter als du. Ich bin mir absolut sicher, dass ihr euch verstehen werdet. Kein Zweifel. Er und du.

In dem roten Jeep, am zweiten Tag, am dritten Tag, am vierten Tag, läuft die Musik in voller Lautstärke. Er raucht. Er schreit. Ich sage, dass ich nach Hause will. Richtig nach Hause. Nach New York. Ich will nicht mehr hier sein.

Und die Bilder, die wir machen wollen, schreit er, für die französische *Vogue?*

Die müssen wir ein anderes Mal machen, murmele ich.

Großer Gott, sagt er. Es geht nicht, sie einfach ein anderes Mal zu machen, einfach wichtige Abmachungen zu ändern. *Oh, tut mir leid!* Passt es eurer Hoheit nicht, noch ein paar Tage in Paris zu bleiben?

Entschuldige.

Entschuldige, entschuldige, ahmt er meine Stimme nach, entschuldige, entschuldige, entschuldige.

Ich fange an zu weinen.

Ja, jetzt geht das wieder los, sagt er und zündet sich eine neue Zigarette an und weicht einem Fußgänger aus. *Crybaby*, sagt er. Die kleine Prinzessin will heim zu ihrer Mutter. Kleine, neurotische Rotznase. Ich wünschte, ich wäre dir niemals begegnet.

Ich erinnere mich nicht als einzelne Tage und Nächte an sie – ich meine, an die Tage und Nächte in Paris, im Januar 1983. Ich erinnere mich nicht, wie viele Tage es waren, vielleicht fünf oder sieben. Ich weiß es nicht. Als ich erwachsen wurde und Kinder bekam und die Kinder krank wurden, gingen die Tage und Nächte ineinander über. Alles verändert sich, wenn das Fieber kommt, die glühenden roten Wangen, die fürchterliche Schlappheit. Das ausbleibende Lachen. Ja, es geschieht etwas mit der Zeit, wenn die Kinder krank werden. Man merkt keinen Unterschied zwischen Montag und Donnerstag, vier Uhr nachmittags und zwei Uhr nachts, nur dass zwei Uhr nachts etwas schlimmer ist.

Nachdem der fremde Mann, der nächtliche Spaziergänger – er mit dem roten Schal – mich zu As Wohnung begleitet hatte, gelang es mir nicht, Ordnung in die Stunden und Tage zu bringen.

Ich zeigte ihm den Zettel, den ich in der Tasche hatte, den mit As Adresse, und er begleitete mich auf dem ganzen Weg.

Er redete und redete auf Französisch. Er kannte die Stadt. Ich brauchte ihm nur zu folgen.

Voilà, sagte er, als wir vor As Mietshaus in der Straße standen, die möglicherweise die rue des Anglais war. Er stand zwischen zwei Straßenlaternen, das Gesicht beleuchtet, fast gespenstisch weiß mit dem roten Schal, und wartete darauf, dass ich mich bedankte. Es sei spät, es sei mitten in der Nacht, er verdiene ein Dankeschön, sagte er, dafür, dass er mich den ganzen langen Weg begleitet habe.

Eigentlich will ich zu meinem Hotel, sagte ich daraufhin, in einer Mischung aus Französisch und Englisch, sehr leise, aber laut genug, dass er es hörte. Und dann sagte ich: Aber ich erinnere mich nicht an die Adresse, ich erinnere mich nicht, wie es heißt.

Aber, großer Gott, sagte er. Bist du vollkommen irre?

Nein, sagte ich, das bin ich nicht.

Aber du kannst doch nicht einfach durch die Straßen laufen und nach einem Hotel suchen, von dem du nicht weißt, wie es heißt, oder wo es ist.

Er stand dort mit seinem roten Schal, zwischen den beiden Straßenlaternen, und wenn er redete, drang weißer Atem aus seinem Mund.

Nein, wiederholte er, ich kann dir nicht helfen. Ich habe dich hierher begleitet, bis zu dieser Tür, das muss reichen.

Ich schreibe dies am Abend, vor einer neuen stillen Nacht. Ich hoffe, es wird regnen. Platzregen. Wolkenbruch. Nachts liege ich wach und sehne mich nach dem Geräusch von Wind oder Regen oder Stimmen im Hinterhof, was auch immer, etwas, das Geräusche enthält.

Eines Nachts sucht mein Mann ein Buch auf seinem Handy heraus und sagt laut in den dunklen Nachtraum hinein: *Willkommen Regen, in einer Nacht im Frühjahr*, und dann liest er einige Zeilen aus einem alten chinesischen Gedicht.

Wieder und wieder liest er es.

Du willst Regen haben, sagt er, und jetzt werde ich dir vorlesen, bis du einschläfst:

Das Grüne beginnt morgen Nachmittag.

Und die Nachmittage sind die beste Zeit. Vor ein paar Monaten waren die Nachmittage die schlimmste Zeit. Es gibt kein System. Ich kann es nicht steuern. Der Torshovpark ist grün, die Kinder, die Hunde. Ich gehe die Agathe Grøndahls gate hinab, überquere die Johan Svendsens gate, Edmund Neuperts gate und Jolly Kramer-Johansens gate. In Torshov sind viele Straßen nach Komponisten benannt, und einige nach Frauen. Ich stelle mir vor, dass mehrere dieser Straßen, die sich in der Stadtlandschaft aufwärts und abwärts erstrecken, lange Arme sind, die uns festhalten, die mich festhalten. Nicht auf eine unfreundliche Art. Nein, voller Fürsorge, großer Fürsorge, einer Fürsorge, die nur aufbringen kann, wer das meiste gesehen und erlebt und den Vorteil hat, sowohl lebendig als auch tot gewesen zu sein. Als Agathe Backer Grøndahl (die Komponistin und Frau war) im Juni 1907 starb, schrieb Edvard Grieg, der selbst drei Monate später sterben sollte: *So endete nun dieses schöne Leben. Schön in seinem noblen Pessimismus, und in all seinem Leiden. Keine Künstlerseele ist auf reineren Wegen gewandert.*

Ich weiß nicht genau, was Grieg mit *schön in seinem noblen Pessimismus, und in all seinem Leiden* meinte, oder wie diese Gemütszustände sich in irgendeiner Weise mit einem *reinen Weg* kombinieren lassen, aber meinte er vielleicht *wahr* als er *rein* schrieb? Wahr und rein werden häufig verwechselt. Eines Tages vor gar nicht so langer Zeit fand ich im Internet einen Videoclip: Eine mir unbekannte Frau in einem blauen Kleid sitzt an einem Flügel und spielt Agathe Backer Grøndahls »Das Lied der Rosen« in etwas, das wie eine leere Kirche an irgendeinem Ort auf der Welt aussieht. So leise und zurückhaltend, dass es sich anfühlte wie Trost.

Die Agathe Grøndahls gate erstreckt sich von der Vogts gate, am Torshovpark entlang und zum Tal hinab, vorbei an den breiten Treppen zum Park, der Allee und dem Musikpavillon hinauf. Ich bin unterwegs – nicht zum Park, sondern zum Tal. Viele, die sich in dieser Gegend nicht auskennen, verabreden sich entweder im Torshovpark oder im Torshovtal, treffen sich dann aber nie, weil der eine im Park wartet und der andere im Tal. Eva und ich sind an dem großen Bronzepuppenkopf im Tal verabredet. Ich habe zwei große Pappbecher und eine Thermoskanne dabei.

Unterwegs, heute, mit dem Hund im Schlepptau, begreife ich nicht, was gestern so wehtat.

Eva geht gerne Eisbaden.

Den ganzen Winter schwimmt sie in Seen, Teichen, Flüssen.

Auch das ganze Frühjahr und im Sommer und Herbst – aber dann wird es natürlich nicht Eisbaden genannt, nur Schwimmen.

Manchmal fragt sie mich, ob ich mitkommen möchte, zu einem Ort, an dem kaum jemand ist, wo es leichtfällt, Abstand zu halten, wenn man jemandem begegnet.

Sie sagt, schwimmen helfe gegen Unruhe.

Ich bin nicht unruhig, sage ich daraufhin.

Doch, das bist du, das merke ich doch.

Einmal sagte mein Vater etwas, von dem ich mir wünschte, er hätte es nie gesagt. Er sagte: Hör zu, mein Herz, du kommst zurecht, du bist jemand, der zurechtkommt, aber du hast eine Schattenschwester, die Angst hat, die sich auflöst, wenn jemand sie nur anpustet. Sie braucht dich.

Er lehnte sich zu mir hin und sagte:

Manche kommen zurecht, manche kommen nicht zurecht.

Ich glaube, er sagte das alles, um mich dazu zu bewegen, mich zusammenzureißen, nicht mehr die Schule zu schwänzen, nicht mehr herauszufallen. Ich erinnere mich, dass wir in seinem Wohnzimmer in der kleinen Stockholmer Wohnung am Karlaplan saßen. Er wusste nichts von den Tagen in Paris. Ich weiß nicht, was er gesagt hätte, wenn ich es ihm erzählt hätte. Vielleicht nicht so viel. Es war eine andere Zeit. Wir saßen uns am Salontisch gegenüber, er in dem rostroten Sessel, ich auf der grünen Couch. Jeder von uns hatte sein Glas und sein Fläschchen Mineralwasser, das war es, was kredenzt wurde. Wir waren nicht besonders lange allein, nach einer Weile kamen drei weitere Töchter, meine wirklichen, lebenden Schwestern, und setzten sich neben mich auf die Couch.

Später habe ich gedacht, er hätte behutsamer sein können. *Schattenschwester. Zurechtkommen. Herausfallen.* Ich war vielleicht kein Kind mehr – ich habe mich das in Verbindung mit dieser Erzählung gefragt, mich gefragt, ob ich noch ein Kind war, als ich sechzehn war. Ich war jedenfalls *sein* Kind, und wenn er sich dazu äußerte, wer ich war, oder was er glaubte, wer ich war, nahm ich alles, was er sagte, äußerst ernst, und als er es einmal gesagt hatte, gab es nichts, was ich daran in die eine oder andere Richtung ändern konnte; an der Erzählung von uns, meiner Schattenschwester und mir, *dir und mir*, so empfand ich es jedenfalls.

Hör zu, sagte Vater, manche kommen zurecht, manche kommen nicht zurecht, und selbst wenn seine Worte nicht so nachdrücklich waren, wie ich sie in Erinnerung habe, war es doch das Nachdrückliche – das Unanfechtbare –, was bestehen blieb.

Eva kommt, groß gewachsen und blass, dunkelblaue Augen. Schwarzes Seidenkleid, darüber ein großer, weißer Pullover. Eine alte, blaue Tasche, die wir uns teilen, manchmal habe ich sie, manchmal hat Eva sie. Wir treffen uns an dem großen Bronzepuppenkopf mitten im Grünen. Auch sie hat Pappbecher und Thermoskanne dabei.

Jetzt haben wir vier Tassen und jeder seine Thermoskanne, sagt sie.

Sie war schwimmen.

Ich frage, wo sie gewesen ist.

Sie antwortet.

Ich frage, mit wem sie zusammen gewesen ist.

Sie antwortet.

Ich frage, ob sie in der Tasche eine Mütze dabeihat.

Sie antwortet.

Ich frage, ob sie diese nicht aufsetzen möchte, damit sie nicht friert und sich nicht erkältet.

Sie antwortet.

Ihre Haare sind nass und salzig. Die Sonne scheint.

Sie gießt uns beiden Kaffee ein. Es dampft aus den Bechern.

Ich begegne ihrem Blick.

Sie ist sechzehn, sie ist siebzehn, sie ist fast achtzehn, und es gibt so viel, was ich sagen möchte, so viel, was ich erklären möchte, über alle, die vor uns kamen, über die Straßen, die wie lange Arme sind, über die Unruhe, über den großen bronzenen Puppenkopf, an den wir uns mit unseren Kaffeebechern im Stehen anlehnen, über Mützen und Winter, über Akzeptanz und Hingabe, aber das ist es nicht, was sie von mir braucht. Nach und nach frischt der Wind auf. Er fährt in ihre Haare, in die beiden Thermoskannen, in die Pappbecher, aus denen wir trinken, in ihren schwarzen Kleidersaum. Das Ganze erinnert sie an etwas, glaube ich, aber sie erzählt mir nicht, was es ist. Sie schaut auf das grüne Tal hinaus und lächelt.

Der Sturm in New York hat sich gelegt, und es ist fast frühlingshaft an diesem Tag, der den Übergang von Februar zu März 1983 anzeigt. Ich gehe das kurze Stück von der Schule zur Carnegie Hall. Ich nehme den Aufzug zu As Etage. Ich gehe den langen Flur zu seinem Atelier hinab. Ich klopfe an, öffne die Tür einen Spaltbreit, rufe Hallo, ist jemand da.

Claude, nicht A, sitzt auf einem Stuhl vor den Schminkspiegeln. Das heißt: Er sitzt mit dem Gesicht zur Tür und dem Hinterkopf zu den Spiegeln. Ich begegne seinem Blick sofort, als ich die Tür geschlossen habe und in den Raum trete.

Du bist das, sagt er.

Ist A da, sage ich.

A kommt bald, sagt er.

Er hat mich gebeten zu kommen, sage ich.

Das weiß ich, sagt er.

Der Stuhl, auf dem er sitzt, kann sich rundherum drehen, und Claude beginnt sich zu drehen.

Vielleicht willst du ja zu mir kommen und dich zu mir setzen, sagt er.

Ich schaue zu der Tür zurück, die ich eben erst geschlossen habe.

Denke ich vielleicht: Ich kann gehen.

Er wird mir nicht hinterherlaufen.

Es sind nur wenige Schritte, geh.

Es sind nur wenige Schritte, geh, öffne die Tür.

Es sind nur wenige Schritte, geh, öffne die Tür und verschwinde.

Ich gehe ein paar Schritte, aber in die falsche Richtung, ich stelle mich direkt vor den rotierenden Stuhl, stelle mich so, dass Claude die Arme ausstrecken und mich an sich ziehen kann, was er auch tut. Er streckt die Arme aus, zieht mich an sich.

Setz dich hierhin, sagt er und zeigt auf seinen Schoß.

Er lässt mich los und dreht sich noch ein paar Mal.

Wenn du nicht willst, sagt er, dann willst du nicht.

Er bremst die Drehung mit einem Bein, zieht mich wieder an sich, und ich setze mich rittlings auf seinen Schoß.

So, ja, sagt er, und dann drehen wir uns, auf die Art sitzend, ein paar Mal zusammen. Er bremst erneut den Stuhl.

Du bist hübsch, sagt er, nicht wahnsinnig hübsch, nicht schön wie die anderen Mädchen, das weißt du, nicht wahr, aber hübsch genug.

Soll ich danke sagen?

Danke, sage ich.

Er lächelt.

Wo ist A, frage ich.

Er kommt, aber nicht jetzt. Heute Abend vielleicht.

Dann sagt er nichts mehr. Ich auch nicht. Er hält mich mit der einen Hand fest und knöpft mit der anderen mein weißes Hemd auf. Er zieht den BH herunter und drückt meine Brust zwischen den Fingern. Dann lehnt er sich vor, legt den Mund um die Brust und beginnt, an ihr zu saugen.

Seine Hand bewegt sich hierhin und dorthin – drückt, streicht, legt sich darüber, darauf, darunter.

Ich weiß nicht, wie lange wir so sitzen, ich betrachte uns im Spiegel, sehe nicht weg, bewege mich nicht, daran wirst du dich dein ganzes Leben erinnern: das Mädchen mit dem aufgeknöpften weißen Herrenhemd rittlings auf dem Schoß des alten Mannes, der an ihren Brüsten saugt, erst an der einen und dann an der anderen. Er küsst sie nicht, liebkost sie nicht, schlägt sie nicht. Er bewegt seine Hand auf ihr, sanft, vorsichtig, beinahe ängstlich, so als kletterte er an einem Berg und müsste aufpassen, dass er nicht fällt – hungrig, verloren, geil.

Wie lange saßen wir so?

Als sich die Tür zum Atelier (die ich geschlossen hatte) erneut öffnet, steht Maxine in der Türöffnung. Es dauert vielleicht drei Sekunden. Eine Sekunde dafür, zu sehen, eine Sekunde dafür, nicht zu glauben, was man sieht, eine

Sekunde dafür, zu bestätigen, dass das, was man sieht, wirklich das ist, was man nicht zu sehen glaubte. Erst ein grelles Licht. Dann die Schminkspiegel. Die Schminkspiegel sind vielleicht das, woran ich mich aus dieser ganzen Zeit am besten erinnere. Die Schminkspiegel in dem Atelier in Paris, die Schminkspiegel in dem Atelier in New York. Sie sind so montiert, dass man sich und andere aus allen möglichen Blickwinkeln betrachten kann. 1983 war Maxine fünfundfünfzig Jahre alt, genauso alt, wie ich es heute bin. Als ich diese Szene zwischen dem Mädchen, das ich einmal war, und ihm, den ich Claude nenne, durchging, stellte ich mir vor, ich wäre Maxine. In dem Augenblick, als sie mich sah, meine ich.

Was sahst du, Maxine?

Der alte Mann mit dem feuchten und weichen Körper – feucht und weich wie ein Pilz, feucht und weich wie ein hungriger Kindermund, feucht und weich wie regenschweres Oktoberlaub – sitzt mit dem Mädchen auf dem Schoß im Schminkstuhl. Du kannst nur Teile seines Körpers sehen, da das Mädchen rittlings auf ihm sitzt. Die Füße des Mädchens baumeln in der Luft. Dir fallen ihre hohen Stiefel auf, aber es sind seine schwarzen, blankpolierten Schuhe, stabil auf dem Boden verankert, an die du dich erinnerst, wenn du daran zurückdenkst. Im Spiegel – in den Spiegeln – kannst du seinen krummen Rücken sehen, den geneigten Kopf, den Mund, der sich um die

Brust geschlossen hat, siehst du nicht. Das Mädchen ist von der Taille aufwärts nackt. Das weiße Herrenhemd ist herabgezogen und liegt wie eine zerknitterte Stoffwurst um ihre Taille. Sie sitzt auf seinem Schoß. Rittlings auf seinem Schoß. Die Füße baumeln. Ihr Kopf über seinem, das Gesicht zur Tür gewandt – die du geöffnet hast, als du hereinkamst. Sie sieht dich direkt an, so als wollte sie etwas sagen. Du begegnest ihrem Blick. Du willst sie nicht ansehen. Du schaust weg.

Verzeihung, sagt Maxine, ihre Stimme angespannt, ich bin gekommen, um mit A zu sprechen, aber ich sehe ja, dass er nicht da ist.

Sie macht kehrt, geht wieder hinaus und schließt hinter sich die Tür.

Während des Schreibens an diesem Buch habe ich mich mit Kausalzusammenhängen beschäftigt. Ist es so, dass das eine das andere verursacht, das dann wiederum das Dritte verursacht und so weiter? Oder ist alles, was hier steht, eine Auswahl aus zufälligen Augenblicken, und wenn ich an einer anderen Stelle angesetzt hätte, dann hätte die Geschichte ganz anders ausgesehen? Zu den Dingen, die ich mich gefragt habe, gehört, ob A wusste, dass Claude an dem Tag in seinem Atelier auf mich wartete, ob A Claude erzählt hatte, dass ich kommen würde, und dass er sich einfach bedienen könne. Oder war es so, wie er selbst sagte, als er mich in den nächsten Tagen anrief, dass er wegmusste, um seinen jüngsten Sohn abzuholen? Er habe versucht, mich zu erreichen, um eine andere Zeit auszumachen.

War Claude da, als du kamst?

Ja, wusstest du das nicht?

Nein. Was hat er gesagt?

Er hat gesagt, du wärst nicht da.

Ist etwas passiert?

Nein. Als ich sah, dass du nicht da warst, bin ich gegangen und habe ihm gesagt, er solle dich von mir grüßen.

A rief mehrere Male an, sowohl vor als auch nach der Sache mit Claude. Und dann rief er eines Tages nicht mehr an. Es war vorbei.

Es ist bald Frühling, aber immer noch kalt, vier, fünf Grad, es fühlt sich nicht an wie Frühling. Außerdem regnet es. Tag für Tag für Tag. Am 8. März 1983 hält Ronald Reagan eine seiner berühmtesten Reden. Er spricht zu evangelikalen Christen in Orlando, Florida, und vergleicht in seiner Rede die Sowjetunion mit dem, was er das Reich des Bösen nennt. *Ja, lasst uns für Erlösung beten für all jene, die in der totalitären Dunkelheit leben – beten, dass sie die Freude daran entdecken, Gott zu erkennen. Doch bis sie das tun, sollte uns klar sein, dass sie, indem sie die Oberherrschaft des Staates verkünden, dessen totale Macht über den einzelnen Menschen erklären und dessen endgültige Dominanz über alle Völker auf Erden prophezeien …* Es muss kurz danach gewesen sein, an einem Mittwoch oder Donnerstag, dass ich die Tür öffne und diesen Teil des Carnegie Hall-Gebäudes zum letzten Mal betrete. Ich will nicht A besuchen. Ich will zu Maxine. Sie hat mich gebeten zu kommen. Geh erst zur Schule, sagte sie am Telefon, als wäre sie meine Mutter, und dann kommst du hinterher vorbei. Warum ziehe ich an dem Morgen das weiß-rosa gestreifte Kleid, die große Lederjacke und die hohen Stiefel an? Ich entscheide mich gegen die rote Mütze, gegen jede Mütze zugunsten eines großen weißen Regenschirms, den ich ausschüttele und schließe, ehe ich in den Aufzug trete. A sagte, ich hätte ihn damals, vor langer Zeit, angelächelt. Da hatte ich auch dieses Kleid und diese Lederjacke an.

Wir sind uns in diesem Aufzug begegnet.

Er *entdeckte* dich, sagte jemand.

Du wurdest in einem Aufzug *entdeckt*.

Ich glaube, es ist nicht wahr, dass ich lächelte. Ich lächele selten. Mutter sagt oft: Du lächelst ja kaum noch, es könnte nicht schaden, ab und zu mal zu lächeln.

Im Aufzug nach oben ziehe ich am Kleidersaum, nestele an den dünnen Kleiderträgern herum. Das Kleid sitzt zu straff um die Brüste, es ist zu rosa, zu mädchenhaft im Verhältnis zu der großen Lederjacke, den schwarzen Strümpfen und den hohen Stiefeln. Ich habe das Kleid seit damals nicht mehr getragen – seit ich A zum ersten Mal begegnet bin. Ich bereue, dass ich es heute angezogen habe.

Maxine sitzt da und schreibt. Sie ist unendlich elegant in einem schwarzen, locker sitzenden Kleid, das aussieht, als wäre es nicht ganz fertig genäht, sondern sozusagen nur um sie geschlungen worden. Es lässt sich nicht sagen, was an diesem Kleid vorne und hinten ist – und das macht sowohl das Kleid als auch sie in gewisser Weise unwiderstehlich. Sie schaut nicht auf, als ich eintrete. Ich setze mich auf die Couch, lege den Regenschirm auf den Fußboden.

Immer noch, ohne mich anzusehen, sagt sie, sie habe entschieden den Eindruck gewonnen, dass ich es nicht ernst damit meine, zu etwas werden zu wollen.

Ich unterbreche sie, was ihr offensichtlich missfällt. Sie macht eine ungeduldige Handbewegung.

Ich meine es ernst, sage ich.

Es könnte einem so vorkommen, als tätest du das nicht, sagt sie.

Ich wollte eigentlich nicht, flüstere ich.

Maxine seufzt.

Du bist aus Paris abgereist. Du bist früher abgereist, als du solltest, weg von etwas, was wichtige Aufträge hätten werden können. Und was das mit Claude angeht, was ich da gesehen habe …

Das war nicht meine Schuld, sage ich und stupse mit dem Fuß den weißen Regenschirm an.

Maxine macht noch einmal diese ungeduldige Handbewegung.

Ich denke, dass du vielleicht glaubst, es würde reichen, ein süßes Mädchen in einem süßen Kleid zu sein.

Maxine sucht nach den richtigen Worten.

Ich dachte, du hättest etwas geerbt von dem, was deine Eltern … ich habe mir vorgestellt, du wärst ein Mädchen, das ein bisschen darüber weiß, was in einer bestimmten Situation richtig oder falsch ist.

Okay.

Maxine steht auf.

Ich verstehe, dass unser Gespräch vorbei ist, und stehe

ebenfalls auf, hebe den weißen Regenschirm vom Boden auf. Er tropft immer noch.

Jetzt, da wir beide aufrecht stehen, von Angesicht zu Angesicht, streicht sie mir schnell über die Haare, ehe sie fest das Revers meiner Jacke packt. Sie seufzt, lächelt, setzt an, noch etwas zu sagen, überlegt es sich anders. Dann schiebt sie mich fast zärtlich aus ihrem Büro.

Das Bild, das A von mir machte, wurde irgendwann im Vorsommer 1983 in einem französischen Schönheitsmagazin abgedruckt. Das Magazin gibt es nicht mehr. Ich erinnere mich, dass ich in einem Laden an der Columbus Avenue, der ausländische Zeitungen und Illustrierte vertrieb, zwei Exemplare davon kaufte, das eine Exemplar wollte ich meiner Mutter schenken, aber ich glaube, am Ende gab ich es ihr doch nicht. Ich erinnere mich, dass ich das Bild ausschnitt, dass ich es zwischen zwei Seiten in einem weißen Notizbuch mit festem Einband presste. Seither bin ich unzählige Male umgezogen. Ich habe gesucht und gesucht, finde aber weder das weiße Notizbuch noch das Bild.

~

Der Hund und ich sind auf dem Weg zum Tierarzt. Es ist Sommer. Wir gehen durch das Tal, gehen den ganzen Weg. Der Hund trottet mir hinterher. Manchmal muss ich an der Leine ziehen, damit er mitkommt, er bleibt ständig stehen, schnuppert an allem, bellt andere Hunde an. Es ist mühsam. Immer öfter versuche ich, ohne ihn spazieren zu gehen. Ich schleiche durch die Wohnung und nehme mir

Tasche und Mantel so, dass er es möglichst nicht merkt. Ich tue so, als hätte ich etwas anderes vor.

Was denn?

Ins Café gehen?

Sind die Cafés nicht geschlossen?

Nein, sie haben wieder geöffnet.

Es ist unmöglich, einen Hund anzulügen.

Aber jetzt bin ich auf dem Weg zum Tierarzt. Wir werden den ganzen Weg gehen, durch das Tal, nicht fahren oder die Straßenbahn nehmen.

Es ist jedes Mal ein großes Hin und Her, wenn er von der Couch aufsteht, sich mühsam aufrappelt und auf mich zukommt, und das macht er jedes Mal, wenn er hört, dass ich hinauswill.

Du bist zu alt, sage ich und suche sein Halsband heraus, du bellst alle an, du bleibst alle zehn Sekunden stehen, um an jedem kleinen Ding zu schnuppern, du ziehst und zerrst an der Leine.

Nachdem er seine Untersuchung durchgeführt hat, sagt der Tierarzt Folgendes: Ihr Hund kann auf Grund von Verkalkungen im rechen Hüftgelenk jederzeit kollabieren, so etwas geschieht häufig von einem Tag auf den anderen und ohne Vorwarnung.

Unsere Tage sind wie Wasser und erfüllt von Ängsten, sagt der Hund.

Nachts liege ich da und höre seinen Atem. Wenn ich ihn einfach außer Acht lasse und nicht daran denke, dass er mich wach hält, ist es, als könnte ich in jedem Atemzug die ganze Welt hören. Er atmet ein, er atmet aus. Eine ganze Welt aus Geräuschen und Stimmen in dem alten Hundeherz.

Eines Nachts stelle ich mir vor, dass ich *deine* Stimme höre. Du gehst in meinem Inneren im Kreis und außerhalb von mir und willst nicht sterben.

Die schwarze, feuchte Erde in deiner Brust, sagst du, der wüst wuchernde, kalte, wilde Wein in deiner Lunge. Was ist, wenn ich dir erzähle, dass er verschwindet? Aber vielleicht verschwindet er nicht, sondern es wird weniger von ihm geben, oder vielleicht gibt es nicht weniger von ihm, sondern mehr Raum in dir, um ihn aufzunehmen? Eines Morgens spürst du, dass die Angst schwächer wird. Der Kaffee schmeckt gut, die Scheibe Brot schmeckt auch gut – und du hast Lust auf eine zweite. Eine Scheibe Brot mit Käse und Salzgurke. Das Zittern in Armen und Beinen lässt nach. Die Übelkeit bleibt aus. Du hebst den Blick und siehst Wirbel aus Staub und Silber und Nachtregen vor dir.

Ich setze mich und schreibe der Stadt Oslo, an das, was früher *Parks und Sport* hieß, ich habe den Namen einer Person erhalten, von der ich glaube, oder mir vorstelle, dass sie die übergeordnete Verantwortung für alle Bäume in Oslo trägt.

Wie viele Bäume gibt es im Torshovpark, frage ich.

Zwei Wochen später bekomme ich eine Antwort: *In der Grünanlage sind 149 Bäume registriert: 139 Laubbäume, größtenteils Ulmen, ergänzt durch Hängebirken, Spitzahorn, Weide, Rosskastanie.*

Es ist Morgen, es ist Nachmittag, es ist Abend. Der Park und das Tal füllen sich mit Menschen, gehenden, sitzenden, laufenden, liegenden, ausgestreckt auf dem grünen Gras, beim Spaziergang, beim Training, beim Picknick, mit Musik und Essen, Kaffee, Bier, Wein. Kinder und Erwachsene. Hunde. Bäume. *Du, du, du.* Ja, auch du. Ich werde dich niemals verlassen, sagst du.

Du entdeckst, fast als eine Kuriosität, dass die Einsamkeit dich doch nicht ausgelöscht hat.

Aber wo soll ich denn hin? Ich erinnere mich nicht, wie das Hotel heißt, nicht, wo es liegt. Die einzige Adresse, die ich habe, weil ich sie auf einen Zettel schrieb, ist As. Blauer Mantel. Rote Mütze. Geliehenes Kleid. Ich bin sechzehn und habe mich verlaufen. Ich frage alle, denen ich begegne, aber keiner kann mir helfen, außer dem Mann mit dem roten Schal. Er begleitet mich den ganzen Weg. Mir fällt auf, dass sein Schal nicht nur rot ist, sondern voller winziger weißer Sterne. Er stellt sich zwischen zwei Straßenlaternen und sieht, dass ich auf die Klingel drücke. Es summt im Schloss, ich öffne die Eingangstür und gehe in den stockfinsteren Hausflur, die Treppen hinauf. Erste Etage. Zweite Etage. Dritte Etage. A steht im Türrahmen und wartet auf mich. Das Licht aus seiner Wohnung fällt auf uns beide.

IN MÄDCHEN, 1983 WIRD AUS DEN FOLGENDEN WERKEN ZITIERT:

Seite 13 | Das Interview mit Sharon Olds stammt aus dem Podcast On Being with Krista Tippett. https://onbeing.org

Seite 20/21 | Die Zitate *Wie ich schienen will, so scheine ich auch …* und *die Wollust stand mir ins Gesicht geschrieben* … stammen aus Marguerite Duras: *Der Liebhaber*. Aus dem Französischen von Ilma Rakusa. Frankfurt am Main: Suhrkamp 1985, S. 31. [*L'Amant*, 1984].

Seite 25 | *Fast so, wie wenn dir das Porträt irgendeines Menschen gezeigt wird* … stammt aus Anne Carson: »Variations on the Right to Remain Silent«, in *Float. A collection of twenty-two chapbooks* … New York: Alfred A Knopf 2016.

Seite 40 | Das Zitat *Die Dinge sind mir passiert, damit ich davon berichte* stammt aus Annie Ernaux: *Das Ereignis*. Aus dem Französischen von Sonja Finck. Berlin: Suhrkamp 2021, S. 101. [*L'Événement*, 2000].

Seite 47 | Das Zitat *so ein unbezähmbares, ewig währendes, bauchpolterndes ha-ha* stammt aus Anne Sexton: »The Rowing Endeth«, in der Gedichtsammlung *The Awful Rowing Toward God*. Boston: Houghton Mifflin, 1975.

Seite 48 | *Du hältst mich hinten und vorn umschlossen* stammt aus den Psalmen 139:5. Die Bibel. Stuttgart: Württembergische Bibelanstalt 1975, Altes Testament, S. 641.

Seite 55 | *Und in den Herzen vieler Mädchen* … stammt aus Federico García Lorca: *Dichter in New York*. Aus dem Spanischen von Enrique Beck. Frankfurt am Main: Insel 1963, S. 93.

Seite 58 | *Da müssen Straßennamen zu dem Irrenden so sprechen …* stammt aus Walter Benjamin: *Berliner Kindheit um Neunzehnhundert.* In: ders.: Gesammelte Schriften. Band IV-1. Hg. von Tillman Rexroth. Frankfurt am Main: Suhrkamp 1985, S. 237.

Seite 61 | Die BBC-Aufnahme von 1937 mit Virginia Woolf findet man auf YouTube:
www.youtube.com/watch?v=E8czs8v6PuI

Seite 68 | Michael L. Slepian schreibt über das Bewahren von Geheimnissen in »Exposing the hidden world of secrets«, Psychologial Review, September 2020.

Seite 89 | *I had a terror since September …* ist aus Emily Dickinsons Brief an Thomas Wentworth Hugginson, April 186. Veröffentlicht in The Atlantic, Oktober 1891.

Seite 93 | *»Zu Ihrem eigenen Besten« ist ein sehr überzeugendes Argument …* stammt aus Janet Frame: *Gesichter im Wasser.* Aus dem Englischen von Kyra Stromberg und Monika Schlitzer. München: Piper 1997, S. 80/81. [*Faces in the Water*, 1961].

Seite 100 | *Doch ein Speer fand den Weg zu dem kleinen, weißen Fleck …* stammt aus Alice Oswald: *Memorial.* London: Faber & Faber 2011.

Seite 109 | *Hässliche Engel sprachen zu mir* stammt aus Anne Sexton: »The Double Image«, in *The Complete Poems: Anne Sexton.* First Mariner Books edition. Boston: Houghton Mifflin Company 1999 [1960].

Seite 132/133 | Der Text, den das Mädchen und die Mutter üben, stammt aus Ingmar Bergmans Fernsehserie *Von Angesicht zu Angesicht.*

Seite 175 | *Ich hatte beschlossen, nie zu heiraten …* stammt aus Jenny Offill: *Amt für Mutmaßungen*. Aus dem Englischen von Melanie Walz. München: DVA 2014, S. 14. [*Dept. of Speculation*, 2014]. Das Zitat wurde leicht abgewandelt.

Seite 176 | *Ach! Wie ich dieses Haus verabscheue …* stammt aus Simone de Beauvoir: *Das andere Geschlecht. Sitte und Sexus der Frau. Band 2*. Aus dem Französischen von Fritz Montfort. Berlin: Volk und Welt 1989, S. 53. [*Le deuxième Sexe*, 1949]

Seite 188 | *Der Sturm erschuf Bilder von unbändiger Schönheit …* wurde verfasst von Robert D. McFadden, New York Times, 13. Februar 1983.

Seite 196 | *You taught me to exist without gratitude …* stammt aus Jane Kenyon: »Having it out with Melancholy«, in der Gedichtsammlung *Constance*. Minneapolis: Graywolf Press 1993.

Seite 207 | Das Zitat *monumental wie Erz …* stammt aus Borges, Jorge Luis: »Das unerbittliche Gedächtnis«. In: ders.: *Labyrinthe*. Erzählungen. Aus dem Spanischen von Liselotte Reger. München: dtv 1962, S. 50.

Seite 208 | *Folgende Vorschriften werde ich einzuhalten versuchen …* stammt aus Ingmar Bergman: *Arbetsboken 1955–1974*. Stockholm: Norstedts 2018.

Seite 210 | Der Begriff *harte Lichtstrahlen* stammt aus Ingeborg Bachmann: *Das dreißigste Jahr*. Erzählungen. Frankfurt am Main: Büchergilde Gutenberg o. J., S. 17.

Seite 211 | Die Definition von *Depression* stammt aus *Norsk Riksmålsordbok*. Kunnskapsforlaget 1991; und NAOB, Det Norske Akademins ordbok im Internet, in dem das Beispiel *ein salzhaltiger See* aus Aftenposten 1959/553/3/2 stammt.

Seite 221 | *Ich habe alte Stimmen gehört, die mir zuflüsterten* stammt aus Charles Dickens: *A Tale of Two Cities*. London: Penguin Classics 2003. [1859].

Seite 227 | Das Kirchenlied »Keiner ist so sicher in Gefahr« von Lina Sandell (1856, ins Norwegische übersetzt 1883) wird zitiert nach *Salmebok for kirke, hjem og skole.* Det evangelisk-lutherske kirkesamfunn, 1998.

Seite 248 | *Mit dem Alkohol zu leben heißt, in der Nähe des Todes zu leben* stammt aus Marguerite Duras: *Das tägliche Leben.* Frankfurt am Main: Suhrkamp 1988. [*La Vie materiélle*, 1987].

Seite 249 | *Das ist der Alltag, über den wir geredet haben* stammt aus Marie Howe: »What the Living Do«, in der Gedichtsammlung *What the Living Do.* New York: W. W. Norton 1998.

Seite 258 | *Das Grüne beginnt morgen Nachmittag* stammt aus dem Gedicht »Willkommen Regen, in einer Nacht im Frühjahr« von Du Fu.

Seite 259 | *So endete nun dieses schöne Leben* … wird zitiert nach Edvard Grieg, *Dagbøker 1865, 1866, 1905, 1906 og 1907.* Bergen Offentlige Bibliotek 1993.

Wenn es nicht anders angegeben wird, stammen die Übertragungen der Zitate vom Übersetzer.

Die norwegische Originalausgabe erschien 2021 unter dem Titel
»Jente, 1983« im Verlag Oktober, Oslo

Die Übersetzung wurde von NORLA, Oslo, gefördert.
Der Verlag bedankt sich dafür.

NORLA
Norwegian
Literature Abroad

MIX
Papier | Fördert
gute Waldnutzung
FSC® C014496

Penguin Random House Verlagsgruppe FSC® N001967

1. Auflage

Neumarkter Str. 28, 81673 München
produktsicherheit@penguinrandomhouse.de
(Vorstehende Angaben sind zugleich
Pflichtinformationen nach GPSR)
Lektorat: Regina Kammerer
Umschlaggestaltung: buxdesign | München
Umschlagfoto: Getty Images Deutschland GmbH,
Bildnummer 6000017468
Satz: Buch-Werkstatt GmbH, Bad Aibling
Druck und Einband: GGP Media GmbH, Pößneck
Printed in Germany
ISBN 978-3-630-87721-1

www.luchterhand-literaturverlag.de
facebook.com/luchterhandverlag